차별 없는 세상을 향한 외침

# 안An

"편안할 안(安), 베트남어와 한국어로 같은 말이다.
나는 한국에서 살고 있는 모든 이주민들이
안녕하고, 안전하고, 안락했으면 좋겠다."

차별 없는 세상을 향한 외침

# 안An

_____

원옥금 (응웬 응옥 깜) 지음

가영

# 추천사

한국 주민의 4%를 차지하는 이주민에 대한 선주민은 얼마나 알고 있을까?

타자의 목소리를 경청하고 얼굴을 마주해야 내 안에 그가 들어올 수 있다. 나 또한 이러한 조우를 통해서만 성찰적 존재로 변할 수 있다. 〈안 An〉은 원옥금이 우리 모두에게 발송한 만남의 초대장이다. 아름답고 진솔한 원옥금의 글에서 우리는 함께 웃고, 분노하며, 이주민의 삶에 다가선다. "감당하기 힘들 정도로 폭발한 그리움에 져버렸다"라는 향수에서, 내 아이들로부터 "엄마, 사랑해!(Mẹ ơi! con thương mẹ lắm! 메어이, 꼰 트엉 멜 람!)"라는 말을 모국어로 듣고 싶었다는 고백에서, 이주노동자를 괴롭히는 사업주 때문에 하루에 몇 번이나 분노가 솟아오르고 어떨 때는 도움이 되어주지 못해 절망에 빠진다는 자책에서 우리는 결혼이주민이며 이주노동 활동가인 원옥금에 공감하며 공존의 방법론을 찾아 나간다.

우리 모두 이 초대에 기꺼이 참여해 "한국에서 살고있는 모든 이주민이 안녕하고, 안전하고, 안락했으면 좋겠다"라는 그의 염원이 곧 이뤄지길 바란다.

– 김현미 (연세대학교 문화인류학과 교수)

늘 누군가와 통화중인 사람. 내 머릿속 저자에 대한 이미지다. 그의 글을 보니 왜 만날 때마다 통화중이었는지 실감이 났다. 저자는 이주여성으로서 이주여성에 대한 차별에 민감하게 반응하고 저항한다. 한편으로 여러 폭력과 착취에 시달리는 베트남 이주노동자를 지원하는 활동을 한다. 노동자의 사업장 변경을 위해 때로 사업주의 비위를 맞추고, 때론 욕을 먹어가면서 고용노동청으로, 출입국외국인청으로 뛰어다닌다. 가끔 온라인 민원을 적극적으로 활용하기도 한다. 이 에너지는 도대체 다 어디에서 오는 것일까? 저자는 처음부터 어려운 베트남 사람을 돕는 삶을 살기로 결심했고 그 일을 하면서 매일 매일 행복하다고 한다. 그런 그가 베트남 이주여성으로서 베트남 사람들 중심의 활동에 머무르지 않고 이주민의 권익을 위해 누구도 차별받지 않는 사회를 위한 활동으로 나아간다.

지금까지 이주민과 이주현장에 대한 기록은 선주민에 의해 쓰여졌다. 그런데 이주여성의 눈으로 본 한국 사회와 이주 현장은 선주민의 기록과 닮으면서도 다르다. 이 책은 국제결혼이 많지 않던 시기에 베트남에서 이주하여 한국 사회를 살아낸 한 개인의 분투기이자 이주민 인권 현장에 뛰어든 활동가의 기록이다. 다문화가족을 중심으로 상상된 결혼이주여성에 대한 한국 사회의 시선이 얼마나 납작하고 협소한지를 생각하게 한다.

– 허오영숙 (사단법인 한국이주여성인권센터 대표)

# 나의 안,
# 우리의 An

편안할 안(安), 베트남어와 한국어로 같은 말이다. 그 사실을 알게 되었을 때 나는 작은 흥분을 느꼈다. '안녕' 'AN NINH(안 닌)', '안전' 'AN TOÀN(안 또안)', '안락' 'AN LẠC(안 락)', '평안' 'BÌNH AN(빈 안)', 베트남어와 한국어 둘 다 따뜻하고 다정한 느낌의 같은 말들이다.

그러나 이주민의 현실은 늘 어딘가 불안하다. 이곳에 아무리 오래 살아도 그렇다. 주위에 좋은 사람들만 있어도 마찬가지다. 아무 탈이 없는 삶을 바라지만 결코 이룰 수 없는 꿈을 꾸는 것 같은 답답함이 가슴을 누른다. 나 역시 그랬다. 아니 지금도 그렇다. 용기를 내어 사람들 속으로 들어가고, 아무렇지 않은 것처럼 말하고 행동해도 마음 한 구석 불안을 모두 지울 수는 없다. 그래서 더욱 안(安)이라는 글자에

매달린다. 나는 한국에서 살고 있는 모든 이주민들이 안녕하고 안전하고 안락했으면 좋겠다. 그리고 한국에서 사는 모든 사람들이 다 평안하고 이주민과 평등하게 잘 어울려 살아갔으면 좋겠다.

이런 마음으로 나의 이야기와 또 내가 알고 있는 이주민의 이야기를 한국인에게 알려, 우리에 대해 조금이나마 이해를 구하고 서로의 간격이 더 가까워졌으면 하는 마음으로 조금씩 글을 써왔다. 일기장에도 쓰고 페이스북에도 쓰고 때로는 신문의 칼럼에 쓰기도 했다. 그러나 책을 내는 것은 생각조차 하지 못했다. 책을 쓰는 일은 남의 일이라고만 생각해온 내게 〈세상을 바꾸는 책모임〉은 그 생각을 바꿀수 있는 기회가 되었다. 2021년에 시작한 〈책모임〉은 베트남, 중국, 한국의 세 나라 출신 이주활동가들이 '이주'에 대한 다양한 책을 읽고 토론하는 모임이다. 한 달에 한 번, 책 한 권을 읽고 책 내용 요약하고 독후감을 순서대로 발표한다. 이 모임에서 김지혜 교수의 『선량한 차별주의자』, 앨런 브렌너트의 『사진 신부 진이』 등 여러 권의 책을 읽었다.

독서 모임을 하는 동안 나의 이야기를 책으로 내고 싶은 욕심이 생겼다. 내가 이런 마음을 먹게 된 것은, 이 모임에서 『즐거운 다문화 도서관』이라는 책을 함께 읽게 된 것이 계기가 되었다. 이 책을 쓴 분은 우리 책모임의 멤버인 정은주 선생님이다. 정은주 선생님은 안산에 있는 다문화 도서관에서 근무하면서 이주민을 만나는 이야기를 책으로 썼는데 〈책모임〉에서는 자신의 책을 소개하면서 자신처럼 이주활동가들도 책을 써보라고 격려했다. 책을 내는 과정이 이렇게 힘든 줄 알았다면 그런 욕심을 내지는 않았을 테지만 정 선생님의 격려는 큰 용기를 주었다.

내가 글쓰기를 배운 적이 없어 나의 이야기, 내가 그동안 한국에서 살면서 느꼈던 점, 나누고 싶은 이야기를 다는 못해도 어느 정도 전달될 수 있다면 용기를 낸 보람이 있을 것 같다. 그런 의미에서 나에게 책을 쓸 용기를 줄 정은주 선생님을 비롯한 〈세상을 바꾸는 책모임〉 모든 멤버들께 감사 말씀 전한다. 그리고 이제는 그 용기를 한국에 살고 있는 이주여성에게 전하고 싶다. 그들에게 글쓰기를 배운 적 없는 나도 책을 낼 수 있다는 것을 알리고 그들도 책을 낼 수 있다는 메시지를 전해주고 싶다. 글 한 단락, 한 주제씩 써내 완성할 때마다 마음이 얼마나 뿌듯한지 말로 표현할 수 없을 정도로 뭔가 큰 것을 이뤄낸 것처럼 느낄 것이다.

그동안 한국어에 능숙하지 않아 우리의 이야기가 우리가 아니라 다른 사람에 의해 쓰여 왔다. 그러나 이제는 우리가 우리의 이야기를 직접 써내는 때가 되었다. 우리가 말하고자 하는 이야기, 우리가 느끼는 속마음을 생생하게 우리의 표현 방식으로 전달하자. 나도 해냈다. 잘됐든 못 됐든 이제 또 하나의 벽을 허무는 마음이다. 나의 이야기를 통해 몇 명의 이주민들이라도 용기를 낼 수 있게 된다면, 그리고 우리들의 삶이 조금이라도 편안해 질 수 있다면 나의 이번 도전은 대성공이다.

나의 한국살이를 지켜주신 모든 분들, 그리고 이 책을 쓰기까지 격려해주시고 도와주신 많은 분들께 감사드린다. 특히 글을 쓰면서 한국어 표현이 막힐 때마다 늘 졸린 눈으로 귀찮아하면서도 정성껏 도와준 고마운 나의 남편도 책이 나오면 좀 더 편안해지길 바란다.

2023년 8월
원옥금(응웬 응옥 깜)

# CONTENTS

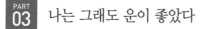

PART
01

# 나의 살던 고향은

# 남베트남의 해방

나는 베트남 전쟁이 막바지에 다다른 1975년 2월에 태어났다. 총소리, 폭탄 떨어지는 소리가 뒤섞이며 아수라장이 된 가운데 새로운 시대가 다가오고 있던 시기였다. 나를 잉태한 엄마는 막내 오빠를 품에 안고 언니들 손을 잡은 채 전투 중인 마을에서 필사적으로 달아났다. 총성이 나지 않는 곳까지. 그 당시에는 집집마다 방공호가 있었다. 총알 비를 피하려고 그 방공호에 잠시 뛰어들었다가 다시 다음 방공호로 달아나고, 달아나고…. 총성이 극렬해질수록 엄마는 더욱 내달렸다. 인파를 헤치며 달리는 모습이 멀어져갔다.

전쟁이 끝났다. 다섯째 외삼촌과 여섯째 외삼촌은 열사가 되어, 돌아오지 못하는 곳으로 떠나며 외숙모들과 사촌들에게 열사의 가족이라는 영광을 안겨주었다. 하지만 돌아가실 때까지 재혼하지 않고 끝까지 쓸쓸하게 살아가신 외숙모들을 볼 때마다, 아버지 없이 외롭게 자라는 사촌들을 볼 때마다, 나는 허리가 굽어지면서 나날이 엄격해지고 괴팍해지는 아버지일지라도 그 존재 자체가 우리 엄마에게 그리고 우리 10명의 남매들에게 얼마나 소중하고 든든한 정신적 지주인지, 얼마나 큰 힘이 되고 다행한 축복인지 모른다고 생각하였다.

봄이 조금 늦게 왔으면 우리 가족은 모두 죽었을지도 모른다. 해방이 조금만 더 게을렀으면 마을 사람들은 다시 얼굴을 마주할 수 없었을 것이다. 우리 집을 둘러싼 숲에 상서로운 기운이 감싸고 있었던 걸까. 엄마의 땅은 그렇게 우리를 지켜주고 생명과 희망을 가져다주었다. 겨울이 가고 봄이 왔다. 베트남 남부에도 해방이 찾아왔다. 금성홍기가 사이공 하늘에 펄럭였다. 우리 마을에도 협동농장이 들어섰다. 마을사람들은 해방의 기쁨을 만끽하며 협동농장으로 일하러 갔다. 하지만 죽음의 공포에서 막 벗어난 사람들에게 가난이라는 또 다른 공포가 시작되었다. 상처로 피가 묻은 엄마의 땅이 아물기까지 긴 시간이 필요했다.

나에게는 열 명의 형제자매가 있다. 나는 그중에 막내딸이다. 아직 아무도 가족계획이란 것을 모르던 때였다. "낳으면 하늘이 키운다.",

"하늘이 코끼리를 내면 풀도 낸다."고 믿었던 시절이었다. 그래서 집집마다 아이들이 많이 있었다. 만에 하나 운이 나빠 아이 하나를 잃어도 남는 아이가 있다는 것이 위안이라면 위안이었다. 전시였으니까.

우리 집은 논에는 벼를 심고 밭에는 땅콩과 고구마를 심고 과수원에는 두리안, 잭프룻, 람부탄을 심었다. 우리 형제들, 특히 여자들은 학교에 가는 시간 외에는 대부분 농사일을 해야만 했다. 큰 언니는 학교에서 앉았던 자리가 데워지기도 전에 동생을 안고 찾아오던 엄마 때문에 하루도 공부를 제대로 할 수 없었다며 지금도 원망의 눈물을 흘린다.

# 존경하는
# 나의 아버지, 어머니

전쟁의 소용돌이 속에 마을 남자들은 모두 남베트남 군대에 들어가야 했다. 입대하기 싫으면 해방전선을 따라 정글로 가는 수밖에 없다. 우리 아버지처럼 건강하고 키가 큰 사람은 당연히 입대해야만 한다. 어느 날 아버지는 논에서 벼 가마니를 배에 싣는 작업을 하고 있었다. 논에서 집까지 배로 운반해야 했기 때문이다. 무거운 벼 가마니를 등에 지려면 다른 사람이 옆에서 잡아줘야 한다. 그런데 한창 일하는 도중에 정찰을 도는 군인들이 다가오는 소리에 놀라 벼 가마니를 잡아주던 사람이 갑자기 손을 놓고 달아나버렸다. 균형을 잃은 아버지는 벼 가마니의 무게에 눌려 그만 허리를 다치고 말았다. 그럼에도 불구하고 아버지는 입대를 해야만 했다. 계속되는 통증으로 힘들어하자

군대에서는 아버지가 수술을 받도록 병원의 수술 일정을 잡아줬다.

  수술을 앞두고 아버지는 고민했다. 운이 좋아 수술이 성공하면 계속 군복무를 해야 하고 그러다보면 전쟁 중에 언제 죽을지 몰라 아내와 아이들을 보살펴줄 수가 없게 된다. 반대로 운이 나빠 수술이 잘못돼 죽게 되면 마찬가지로 아내와 아이들을 험난한 세상에 남겨두게 된다. 그래서 아버지는 어쩔 수 없이 수술을 포기하고 장애를 받아들이는 선택을 했다. 남편과 아버지로서의 의무를 다하기 위해 아버지 자신의 몸을 희생했던 것이다. 전쟁이 멀쩡히 살아갈 수도 있는 사람을 평생 장애인으로 살도록 만들었다. 전쟁이 남긴 또 하나의 비극을 아버지와 우리 가족은 오랜 기간 동안 견뎌내야만 했다. 삶을 다하신 다음에야 아버지는 비로소 굽은 허리를 펴고 가실 수 있었다.

  아버지는 몸이 불편해서 동네 밖으로 멀리 나가실 수 없었다. 주로 집이나 집 근처 밭이나 논에 나가서 일을 하시면서 아버지는 전쟁 때처럼 전쟁이 끝난 이후에도 스스로에게 하루도 쉬는 날을 허락하지 않았다. 어떤 어려운 환경에서도 남에게 손을 벌리지 않았고 남에게 무시당하는 것을 절대로 용납하지 않았다. 아버지는 마지막 남아 있는 자존심과 안간힘으로 끝까지 버텨냈고 결코 무너지지 않았다. 나는 이런 아버지를 존경한다.

늘 밖에서 농사일을 하거나 농산물 장사를 하시느라 집에 없는 엄마를 대신해 아버지는 자식들의 교육을 담당하셨다. 내가 자랄 때 엄마는 늘 새벽에 나가 저녁에야 집에 오셨다. 엄마의 부재는 자칫 어린 나에게 상처가 될 수 있었지만 아버지의 속에서부터 우러나오는 깊은 정이 나를 지켜주었다. 나는 아버지한테 예쁨을 받고 자랐다. 항상 아버지 옆에 있어 아버지의 심부름을 해야 하는 나에게 아버지는 어려운 과제를 쉬지 않고 주셨다. 어디에 있는지 말하지 않고 뭔가를 찾아오도록 하는 과제를 자주 주셨는데 어린 나에게 쉬운 일이 아니었지만 나는 매번 해내고야 말았다. 내가 스스로 헤쳐 나가는 힘을 지금까지 가질 수 있는 것은 아마 그 때에 터득한 것이 아닐까 싶다.

아버지는 소쿠리, 광주리, 젓가락 등 집에서 쓰는 물건들을 모두 대나무로 만들어 내셨다. 또한 벼부터 과일, 채소, 땅콩, 고구마, 마, 사탕수수, 옥수수 등 모든 것들을 재배할 줄 아셨기에 아버지가 심은 것들은 주렁주렁 열렸다. 자식들 10명 중에 6명은 딸이다. 우리 딸들은 엄격한 아버지의 교육 덕분에 농사짓는 법, 젓가락 사용법, 집에서 쓰는 물건 만드는 법은 물론 결혼해서 시집살이를 잘 할 수 있도록 생선 손질하는 법과 밥하는 법까지도 배울 수 있었다.

우리 식구가 많아서 그랬겠지만 아버지는 'ăn trông nồi, ngồi trông hướng' 즉, '식사할 때는 냄비 안을 살피고, 앉을 때는 방향을 살피라'고 가르쳐주셨다. 식사할 때, 혼자서 다 먹으려고 하지 말고 다른 식구의 몫이 남아 있는지 눈치껏 냄비를 잘 보라고 하셨고, 앉을 때도 앞뒤를 잘 보고 자기의 서열에 맞게 앉아야 예의가 있는 사람이라고 하셨다. 우리 형제자매들은 아버지의 가르침과 격려로 올바르고 자존감이 강하고 신의를 소중히 여길 줄 아는 사람으로 자랄 수 있었다. 자식 교육을 위한 아버지의 정성은 너무나 감사하다.

날이 어둑어둑해지면 미처 모습이 보이기도 전에 엄마의 웃음소리가 먼저 울려 퍼졌다. 마을 입구에서부터 들려오는 그 웃음은 우리들에게 기쁨이고 위안이다. 엄마의 귀가는 우리보다 아버지에게 더 큰 위안이 되었다. 장애로 갖은 억지와 투정을 부리는 모난 성격의 남편을 잘 참아내는 엄마는 단 한 번도 화를 내지 않았다. 아버지 대신 사회에 나가 험난한 일과 맞서야 하는 엄마였지만 돌아가실 때까지 신세타령 한 번 한 적이 없고 누구와 비교하거나 불평불만을 늘어놓은 적이 없는 놀라울 정도로 긍정적인 여성이었다. 엄마는 열 명의 자식을 키워내기 위해 논에서 밭에서 과수원에서 마치 손오공처럼 동에 번쩍 서에 번쩍 눈코 뜰 새 없이 일을 하거나 장사를 해야만 했고 뿐만 아니라 해방전선까지도 지원해야 했다고 한다.

# 우리 집은
# 해방전선의 연락소

　자라면서 들은 이야기다. 우리 집은 해방전선의 연락소였다. 그 당시에 온 동네에 유일하게 우리 집만 흑백텔레비전이 있어 남베트남 군인들은 수시로 마을을 순찰하고 아무 때나 우리 집에 불쑥 찾아왔다. 그리고 해방전선 연락책은 저녁마다 우리 집에 들러 마을에 대한 정보와 필요한 음식, 약품 등을 받아가곤 하였다. 가끔씩 그들이 같은 시간에 서로 아슬아슬하게 부딪칠 상황이 되면 엄마는 우리 집의 침실과 거실을 연결하는 문* 사이 좁은 공간 속에 해방전선 연락책을 숨겨주었다.

---

* 예전에 우리 집에는 사람이 들어갈 공간이 있는 두꺼운 문이 있었다고 한다.

엄마는 매일 차밭에 일하러 나가곤 했는데 그때마다 어깨로 지고 가는 양쪽 바구니 안에 늘 담배와 음식을 숨겨두었다. 순찰 도는 군인들에게 들키지 않도록 바구니 위에는 소똥을 담았다. 정글에서 나온 허기진 해방전선의 전사들은 차나무 밭으로 와 가지를 자르거나 묶는 일을 조금씩 도와주고 담배와 음식을 받아 갔다. 한번은 마을에서 세 명의 해방전사 청년들이 남베트남 군인들에게 붙잡혀 목이 잘려 길가에 버려진 사건이 있었다. 큰언니는 그때 살해당한 청년들의 이름이 지금도 생각나고 목이 잘려 널브러졌던 주검도 기억난다고 한다.

마을에는 큰언니보다 서너 살 위의 해방전선 정보원 여성이 있었다. 겉으로는 남베트남 군인을 위해 일하는 그 여성은 우리 엄마가 남베트남 군인에 의해 살해당한 세 명의 은신처를 밀고했다고 거짓말을 했고, 이에 해방전선 전사 예닐곱 명이 밤늦은 시간에 무기를 들고 우리 집에 찾아와 엄마의 목에 칼을 들이댔다. 그들 중 한 명은 엄마의 먼 친척이었는데 그분이 엄마는 절대 그런 사람이 아니고 만약 엄마가 그런 배반을 했다면 본인이 대신 죽겠다고 그들 앞에서 맹세까지 하면서 엄마를 변호했다. 그 아저씨가 그렇게 해주지 않았더라면 그날 밤 엄마는 무사하지 못했을 것이다. 정말 무섭고도 위태로운 상황이었다.

엄마는 그런 일을 겪으면서도 위험을 무릅쓰고 해방전선을 도왔다. 해방이 된 후에도 몇 명의 해방전선 전사들이 우리 집에서 계속 얹혀살았다. 그러나 엄마는 훈장을 받지 못했다. 엄마는 그런 것을 할 줄도 모르고 관심도 없는 사람이었다. 게다가 우리 집은 지주라서 그 동네에서 시기하고 모함하는 사람들도 많았다. 엄마가 도와준 연락책과 해방전선 전사들도 밀려나기는 마찬가지였다. 시골 동네 출신의 배움이 짧은 전사들은 해방 후 새롭게 자리를 차지하는 사람들에 의해 밀려났다.

# 보트피플, 그리고
# 오빠와 언니

어린 시절, 동네 사람들이 배를 타고 베트남을 탈출하다가 바다에서 죽었다는 이야기를 가끔씩 듣곤 했다. 그때는 보트피플이라는 말조차 몰랐던 시절이었다. 지금은 페이스북이나 유튜브 등을 통해서 그런 이야기를 쉽게 접할 수 있지만 그 당시에는 정보가 철저하게 통제되던 시절이라 탈출한 사람들이 어떤 위험에 맞닥뜨리게 되었는지, 그 규모라든지, 그들의 운명 등에 대해 도무지 알 길이 없었다. 동네 사람들은 그저 일을 하다가 "어느 아무개가 Vượt biên(브얼 비엔; 경계선을 넘다)하다 죽었다."라고 속삭이는 소리로 소식을 주고받을 뿐이었다. 그러나 사람들은 탈출에 실패해 죽어간 사람들보다 성공한 케이스에 훨씬 더 관심이 있었다. '어느 집이 Vượt biên에 성공해 어느 나라에 도착해 지금 잘 살고 있다고 하더라.'라는 식으로.

전쟁 후 땅은 황폐하고, 협동농장 등 정부의 정책에 적응하지 못한 사람들은 일자리가 없어 가난에 시달렸다. 당시 베트남을 벗어나 새로운 삶을 사는 꿈을 이뤄낼 수 있다고 생각되는 길 중 하나가 Vượt biên이었다. 많은 사람들이 Vượt biên하다 살아남아 성공한 케이스에 귀를 기울였고 그런 사람들은 희망의 상징이 되었다. 날이 갈수록 Vượt biên은 하나의 풍조가 되었다. 사람들은 새로운 삶을 위해 땅이나 집을 금으로 바꿔 브로커에게 주었고, 브로커는 금만 가로채고 공안에 신고를 해서 사람들의 꿈은 수포로 돌아가고 경우에 따라 감옥에 잡혀 들어가는 일도 수시로 일어났다. 협동농장 정책으로 우리 부모님의 땅이 공유화되자 농사를 주업으로 하던 우리 집은 살길이 막막해졌다. 우리 집 10남매 중 둘째이자 장남인 큰오빠도 아래 남동생 둘을 Vượt biên 시켜주기 위해 붕따우**의 브로커에게 금을 줬지만 사기를 당해 감옥에서 3개월 10일 동안 지내야 했다.

나의 일곱째 언니는 부지런하고 공부를 잘했다. 일곱째라고 하지만 실제는 여섯째 언니다. 베트남 남부에서는 형제를 부를 때 맨 위를 둘째부터 세기 때문이다. 언니는 매일 학교에서 집에 돌아오면 집안

---

** 호치민 시 남동쪽에 있는 도시로 베트남 남부 해안에 접한 휴양지

일을 도왔다. 장작을 구해서 술을 끓이고 그 술을 자전거에 싣고 거래처에 가져다주고 돼지, 닭, 오리 등 가축에게 밥을 주는 등 집안일을 마치고 나면 언제나 밤이 되었다. 그때에야 언니는 공부를 할 수 있었고 그래서 늘 밤늦게까지 공부를 하였다. 그런 노력으로 학교 시험에서 언제나 좋은 점수를 받았다. 그러나 우리의 예상과 달리 언니는 대학교 입학시험에서 떨어졌고 한 단계 아래인 은행 전문대학에 합격했다. 언니보다 성적이 좋지 않았던 친구가 대학교 입학시험에 붙었다는 소식을 듣고 언니는 크게 상심했다. 그런데 나중에 알고 보니 그것은 대학교의 합격 기준 때문이었다.

대학교 진학을 위한 입시에 응시하기 위해서는 원서를 접수시킬 때 지역 인민위원회의 평가서를 제출하여야 했다. 그 당시 베트남은 전쟁기간동안 공로에 따라 보상과 차별이 있었던 시대였다. 출신 성분은 1~12등급으로 나누는데 열사의 가족(1~4등급), 유공자의 가족(5~8등급), 일반 인민 가족(9~11등급), 남베트남 부역자, 보트피플 가족 등(12등급)으로 나눴다. 등급에 따라 대학 합격 점수에 차등이 있었다. 열사와 유공자의 자녀는 일반 인민의 자녀에 비해 수월하게 대학에 들어갈 수 있었다. 그들이 조국에 바친 희생과 헌신에 비하면 나라가 해줄 수 있는 작은 보상이었다.


앞에서도 말했듯이 우리 가족은 전시에 해방전선의 연락소 역할을 하였고 해방이 될 때까지 전사들을 지원해왔다. 그렇지만 해방 후 엄마는 본인의 공로를 주장할 줄도 몰랐고 또 우리 집이 지주이다 보니 지역 인민위원회 사람들의 호감을 얻지 못했다. 평가서는 밀봉이 되어있었고 비공개이기 때문에 어떤 내용으로 평가가 되었는지 알 수 없었지만 우리 오빠들과 언니들이 성적이 나쁘지 않아도 대학교에 합격을 하지 못한 것을 보면 좋게 평가되지는 않았던 것 같다.

우리 다섯째 오빠와 같은 또래의 어떤 사람은 대학교 입학시험에서 우리 오빠보다 성적이 훨씬 좋지 못했지만 의대에 합격했다. 열사였던 그의 아버지 덕분이었다. 다행히 우리 오빠는 사범 전문대에 합격했지만 경제적으로는 가장 가난한 직업인이 되었다. 그는 가난했지만 중학교 역사와 지리를 가르치며 학생을 사랑하고 아끼는 매우 열정적인 교사였다.

일곱째 언니의 한 친구는 중부 지방이 고향이다. 그 친구의 아버지는 남베트남 공화국의 행정기관장 출신이어서 그의 형과 누나는 대학 입학시험 불허 평가를 받았다. 그러나 온 가족이 내가 살던 남부로 이사를 온 후에는 예전과 달리 인민위원회에서 11등급을 받았다. 그 덕분에 그는 대학교에 입학할 수 있었다. 한 사람의 인생이 지방 인민위민회의 평가에 달려 있었던 것이다.

# 그래도 순수했던
# 그때의 추억

어릴 때, 우리가 갖고 노는 장난감은 모두 다 우리 스스로 만들었다. 눈 깜짝할 사이에 바로 장난감을 만들 수 있다. 수건을 긴 방향으로 말아서 반으로 접고 고무줄로 중간보다 조금 위쪽을 묶어 인형의 머리를 만들면 양쪽 끝은 자연스럽게 인형의 다리가 되었다. 타월 하나의 양쪽 끄트머리를 끈으로 하여 기둥에 묶으면 수건은 영락없이 해먹이 되었다. 그렇게 만든 해먹에 인형을 태우고 흔들흔들 재우며 놀 수 있었다.

소꿉놀이에서 나뭇잎은 돈이 되고, 모래는 쌀이 된다. 그러니 돈과 쌀을 원하는 만큼 얼마든지 쓸 수 있는 것이다. 때로는 돌로 팔방놀이를 하기도 하고 쩌이쭈엔 놀이***를 하며 노래를 부르기도 했다.


Chuyền chuyền một, một đôi
한 번 돌려 잡고 돌려 잡으면, 한 쌍이 되고

Chuyền chuyền hai, hai đôi
두 번 돌려 잡고 돌려 잡으면, 두 쌍이 되고

Qua cầu
다리를 건너

Ngắt ngọn rau râm
민트 순을 꺾고

Bỏ vô than thuốc
약탕기에 넣어

Sắc đi sắc lại
달이고 또 달이고

Cho đúng bảy phần
칠 센티 될 때까지 졸여

Chuyền qua ba cái
세 번 주고

Chuyền về ba cái
세 번 받아

---

*** 공(또는 레몬)을 위로 던지고 받으면서 동시에 대나무 가지 여러 개를 이리저리 돌려 잡으면서
노는 베트남 놀이

Sang tay này
이 손에서 저 손으로

Sớt tay nọ
저 손에서 이 손으로


　고무줄놀이는 참 다양하다. 고무줄로 혼자면 혼자, 여럿이면 여럿이서 줄넘기 놀이를 하고, 고무줄 따먹기 놀이도 하였다. 또한, 새총을 만들어 하늘을 향해 작은 돌멩이를 쏘아 올리기도 했다. 지금 생각해보면 어처구니없는 풍선놀이도 있었다. 어느 날 친구들과 함께 우연히 큰 오빠의 신혼 방에서 작고 귀여운 물건을 발견했다. 호기심에 못 이겨 열어보니 투명하면서도 얇고 매끄러워 참 신기했다. 입으로 불어보니 풍선처럼 길고 크게 부풀어 올랐다. 우리는 신이 나서 뛰면서 그 풍선을 연날리기 하듯 바람에 날리면서 놀았다. 질긴 성능 덕에 우리는 한동안 그 풍선들과 심심하지 않은 어린 시절을 보낼 수 있었다. 때로는 알지 못하는 편이 낫다. '모르는 게 약이다.'라고 했던가. 잊고 싶어도 잊을 수 없는 순수하고 민망한 추억이다.


　한국에 와서야 처음으로 '도, 레, 미, 파, 솔, 라, 시, 도'라는 음계를 알게 되었다. 베트남에서 자랄 때는 학교에서 음계를 배운 적이 없었기 때문이다. 학교에는 음악 수업도 미술 수업도 없었으며 크레파스 등은 사치스러운 것이었다. 나는 무대에 올라가서 노래 부르는 걸 좋아했다. 초등학교 때에는 노래경연대회가 있을 때마다 언제나 자원해서 무대에 올라 노래를 부르곤 했다. 한국의 어린아이들이 부르는 '나비야, 나비야, 이리 날아오너라. 노랑나비, 흰 나비, 노래하며 춤춘다.'라는 나비 노래처럼 베트남에도 율동하며 부르는 나비 노래가 있다.

Kìa con bướm vàng,
저기에 노랑 나비야

Kìa con bướm vàng
저기에 노랑 나비야

Xòe đôi cánh
날개를 펴라

Xòe đôi cánh
날개를 펴라

Bươm bướm bay theo 3 vòng
세 바퀴를 날아라

Bươm bướm bay theo 3 vòng
세 바퀴를 날아라

Bên hàng bông
꽃밭에서

Bên hàng bông
꽃밭에서

노래경연대회마다 큰 언니의 원피스를 빌려 입고 무대에서 율동하면서 나는 노래를 불렀다. 작은 시골 학교에서는 매번 나의 경쟁자가 있었는데 이름이 '투이'였다. 베트남 엄마와 미군 사이에서 태어난 아주 예쁘장한 혼혈인 여자아이였다. 곱슬거리는 금발 머리에, 부채처럼 긴 속눈썹에, 흰 피부에다 화장기술이 뛰어난 엄마의 단장 솜씨로 화려한 원피스를 입고 등장하는 그 여자 아이는 매번 모든 시선을 집중시키기에 충분했다.

그 아이는 나를 포함한 모두에게 부러운 존재였다. 그 아이가 나타나기 전까지는 그래도 내가 인기가 있었지만 그 아이가 나타나기만 하면 마치 유명한 배우가 등장한 것처럼 눈이 부셔서 나는 더 이상 친구들의 눈에 보이지 않았다. 그런데 어느 날부터 투이가 더 이상 학교에 나오지 않았다. 투이의 온 가족이 미국으로 이민을 갔다는 소식이 들려왔다. 나는 투이가 보이지 않자 경쟁자가 없어져 기분이 좋기도 했지만 한편으론 오히려 허전하기도 했다. 투이도 지금의 나처럼 그 시절의 옛 추억을 설레는 마음으로 기억할까?

고등학교 1학년이 끝날 무렵, 나는 같은 이유로 또다시 나의 가장 친한 친구와 헤어져야만 했다. 그 친구는 나와 중학교 때부터 친하게 지내왔는데 공부를 잘해서 늘 반장이나 부반장 역할을 해왔었다. 그 친구의 언니 중에 미군 혼혈 한 명이 있어 온 가족이 미국으로 초청받아 이민을 가게 된 것이다. 그때 헤어지고 난 후, 몇 번 편지로 소식을 주고받다가 나중에 내가 결혼하여 한국으로 오게 되면서 한동안 소식이 끊겼다. 25년이 지난 최근에 페이스북을 통해 다시 연락이 닿았다. 멀리 떨어져 있어도 변치 않는 순수하고 때 묻지 않은 우정이 소중하다.

# 내 어린 시절의 꿈

몇 년 전에 딸아이와 함께 멜버른에 있는 아홉째 언니 집에서 3주 간 머물렀던 적이 있다. 언니는 평일에는 일하러 가고 주말에는 우리 와 함께 언니의 친구 집이나 관광지에 놀러 다녔다. 언니가 없는 평일 에는 우리끼리 알아서 버스나 기차를 타고 여기저기 박물관도 가보 고 대형마트에도 가보았다. 그런데 일주일쯤 지난 어느 날부터 아이 는 내가 묻는 말에 대답도 하지 않았고 아예 대화를 하려고 하지 않았 다. 무언가 단단히 삐친 모양이었다. 왜 그러는지 이유를 물어보니 아 이가 나에게 서운한 마음이 있다고 했다. 돌아다니면서 외국인을 만 날 때 내가 항상 먼저 말을 걸고 자기한테는 말하는 기회를 주지 않았 다는 것이다.

딸아이는 내성적이어서 낯선 사람에게 말을 걸거나 대화를 시도한 적이 없는 수줍은 아이다. 그런데 처음으로 영어권 나라에 여행을 가니 그동안 배운 영어를 실습할 수 있어 마음속으로 기대에 부풀었던 모양이다. 그런데 둔한 엄마는 막상 그 마음을 몰라주고 길을 물을 때나 상점 점원에게 팬케이크를 주문할 때나 이모의 친구와 만나 대화를 할 때에도 늘 먼저 말을 해서 딸은 영어를 말해 볼 기회가 없었던 것이다.

그러고 보니 내가 중학교 때 러시아어를 배우기 시작한 시절이 생각난다. 난생 처음 배우는 외국어라 얼마나 신기하고 좋았던지. 지금도 러시아어를 가르쳐주신 중학교 1학년 첫 번째 선생님의 얼굴이 생생하게 기억난다. 그분은 남자 선생님이었고 러시아어 전문대학교를 갓 졸업해서 처음으로 수업을 맡으셨기 때문에 수업에 대한 열정과 학생에 대한 사랑이 더욱 넘치는 분이었다. 러시아어를 말할 때마다 입에서 침이 막 튀는 특징이 없었다면 내 마음 속에 더 강하게 기억되지 못했을지도 모른다. 얼굴에 늘 미소가 사라지지 않던 그 선생님은 본인이 퀴즈를 낼 때마다 한 번도 빠짐없이 손을 들고 '저요, 저요,'하면서 적극적이고 즐겁게 수업에 참여하던 나를 예뻐하지 않을 수 없었다.

중학교 시절은 내가 좋아하는 러시아어 수업 때문에 내 인생에서 가장 아름다운 시기였던 것 같다. 러시아어 수업이 없었다면 그 때의 나의 삶은 지루했을 것이다. 러시아어 수업이 없었다면 나는 활발하고 적극적인 학생이 되지 못했을 것이다. 러시아어 수업이 없었다면 현실의 가난을 잠깐씩 잊을 수도 미래에 대한 꿈도 가지지 못했을 것이다. 러시아어를 사랑한 덕분에 나는 공부를 좋아하게 되었다. 러시아어는 내가 꿈에 닿을 수 있는 날개가 되었다. 평소의 어려움을 잊게하였고 학교에 갈 때마다 기대에 차게 만들었다. 러시아어를 잘해서 선생님에게 예쁨을 받았고 친구들로부터 부러운 시선을 받았다. 현이나 성에서 열리는 러시아어 대회가 있을 때면 늘 내가 대표로 나갔다. 학교의 영광이고 내 개인의 영광이 되기도 했다.

학교 옆 큰길가에는 과일가게들이 길게 늘어져 장사를 하고 있었다. 그곳에는 가끔 붕따우를 여행하고 호치민으로 돌아가는 러시아 관광객들을 태운 버스들이 들르곤 했다. 외국인이라고는 러시아인밖에 오지 않았던 시절이었다. 나는 어린 마음에 러시아어를 연습할 수 있는 기회라고 생각해서 그들에게 말을 붙여 보곤 했다. 러시아 사람들에게 말을 걸면 그들이 연필을 준다는 소문이 있었던 것도 큰 동기가 되었다. 그때를 생각해보니 딸이 영어로 외국인과 대화할 수 있겠다고 기대하면서 들떠있던 마음이 어떤 느낌인지 이해할 수 있을 것 같다.

중학교를 졸업하고 고등학교에 가니 갑자기 러시아어 과목이 없어지고 대신 영어 과목이 생겼다. 모든 학생들이 영어공부를 시작해야 했지만 내게 왜 러시아어 대신 영어를 배워야하는지 설명해주는 사람은 한 명도 없었다. 나는 충격을 받았다. 내가 사랑하는 것, 내가 꿈꾸는 것들이 사라지는 것에 대해 당황해 하면서 길을 잃은 것 같았다. 러시아어에 충실하기 위해, 러시아어에 대한 사랑을 지키기 위해 나는 일부러 영어공부에 소홀했다. 학교에서 새롭게 강제하는 영어 공부를 나는 받아들이지 않았다. 그것이 나의 순정을 보여주는 것이라고 생각했나 보다. 그런 반항심 때문에 영어 수업이 지루했고 성적에 큰 영향을 주었다.

　나의 여섯째 언니도 중학교 러시아어 선생님이었다. 언니와 언니의 동료들은 영어교사가 되기 위해 재훈련을 받아야 했는데 그만두는 선생님들이 많았다고 한다. 나의 언니도 결혼을 하면서 교직을 그만두었다. 학교마다 학생마다 모두 다 영어를 가르치고 배우는 풍조가 생겼다. 러시아어는 슬그머니 영어에 자리를 내어주고 사라져 버렸다. 내 어린 시절의 꿈도 함께 사라져 갔다.

# PART
# 02

# 희망과 불안의 공존, KOREA!

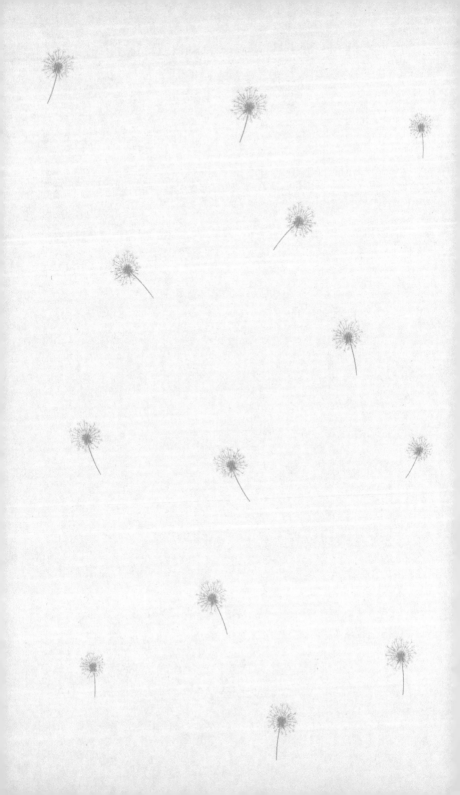

# 운명처럼 만난
# 한국인 남편

나는 고등학교를 졸업한 후 그토록 싫어했던 영어공부를 하게 되었다. 3년간 공부를 하고나서는 베트남 국영 건설회사에서 영어통역으로 일할 수 있었다. 그런데 내가 싫어했던 것이 그를 만나는 인연의 끈이 될 줄이야. 슬프거나 기쁘거나 나의 친구가 되어주는 사람, 나의 궁금증을 풀어주는 스승이자 내 아이들에게 책임을 다하는 아버지인 그이다.

우리가 처음 만났을 때 그는 건설현장의 사무실에 동료들과 앉아 있었다. 피부가 하얗고 키가 큰 남자들 중에 두드러지게 까무잡잡하면서도 잘생긴 젊은 남자가 있었다. 그는 점잖고 믿음직스러워 보였다. 얼마 후 그가 나에게 고백 편지를 보냈을 때에서야 나에 대한 그의 생각을 알게 되었다. I found the flower in the forest…로 시작되는 그의 편지는 나를 수줍은 여인으로 만들기에 충분했다. 그는 자신이 베트남 리(李) 왕조의 후예라고 했다. 먼 옛날 그의 조상이 베트남에서 한국으로 망명가서 살았다고 했다. 선량한 그가 같은 베트남인의 뿌리를 가졌다는 것에 친근감을 느꼈다.

사귄 지 3개월 정도 지났을 때 그는 우리 집에 찾아와 나의 부모님께 결혼을 허락해 달라고 간곡하게 말을 했지만, 부모님은 허락하지 않으셨다. 한국이 도대체 어떤 나라이고 어디쯤에 있는지 또 그가 총각인지 아닌지도 모르는데 어떻게 딸과 결혼을 시키겠느냐고 하셨다. 한국과 베트남이 수교한 해가 1992년이니까 그 당시 4년 정도밖에 되지 않아 모르는 것이 당연했다. 큰 오빠도 미혼증명서라도 갖고 와야 한다고 반대를 했다. 그러나 그는 포기하지 않고 나의 부모님을 설득하기 위해 편지를 쓴 후 베트남어로 번역하여 아버지에게 드리고 한국식으로 큰절을 했다. 큰절을 하는 것은 베트남에는 전혀 없는 인사법이라 부모님은 당황해 했지만 그의 진심만은 제대로 전달이 되었는지 결국 결혼을 허락해주셨다.

우리는 베트남에서 약혼을 했다. 그의 부모님도 한국에서 오셨다. 약혼식에서 내가 입을 한복을 정성껏 준비해서 오셨다. 얼굴도 한 번

본 적 없는 이국의 아가씨지만 그의 말을 믿고 먼 곳까지 오신 것이다. 많은 친척과 친지들이 모여 큰 잔치를 했다. 약혼을 하고 반년 후 휴가를 얻은 남편과 함께 한국 여행을 하게 되었다. 한국을 방문하기 전 내가 가진 한국에 대해 아는 것이라고는 시어머니가 주신 한복과 보내주신 한글 첫걸음 책 내용이 전부였다.

한국에 도착했을 때의 첫인상은 약간 춥게 느껴지는 날씨 때문인지 맑고 상쾌했다. 베트남 남부지방에서 자란 나는 전에는 한 번도 경험해보지 못했던 가을이라는 계절을 제대로 느낄 수 있었다. 하늘은 맑고 푸르렀고 단풍으로 울긋불긋한 산들은 지평선 너머로 롤러코스터처럼 이어지고 있었다. 한국의 거리는 조용하고 차분하면서도 현대적이었다. 하지만 너무 현대적이라 시골에서 주로 자란 나에게는 약간 두렵기도 하였다. 터널을 지날 때면 터널 안이 너무나 길게 느껴져서 이대로 땅속으로 빨려들어 갈 것만 같았다. 멀리 보이는 아파트들은 마치 버섯들이 땅에서 앞다퉈 올라온 것 같았다. 길가에 파스텔 색깔로 피어 바람에 흔들리는 코스모스는 나에게 반가운 인사를 하고 있는 것 같아 감탄사가 저절로 나왔다. 시부모님과 시누이들은 무척 자상했고 어린 나를 막내딸처럼, 막냇동생처럼 예뻐해 주셨다. 꿈같은 시간들이었다. 특히, 인상 깊었던 것은 물과 음식이다. 물은 베트남과 달리 달고 시원했고 한식은 다양한 반찬으로 구성된 한상차림이 행복감을 주었다.

한국의 시댁에서 열흘간의 꿈같은 시간을 보내고 다시 베트남으로 돌아왔다. 그런데 어찌된 일인지 호치민 떤선녓 공항 입국장에서 출입국관리들이 나의 베트남 입국을 가로막았다. 베트남으로 돌아오는 비자를 받지 않았다는 것이다. 남편은 이미 입국장을 빠져나간 상태에서 홀로 떨어진 나는 당황할 수밖에 없었다. "아니, 나는 베트남 사람인데, 내 나라에 오면서 무슨 비자가 필요하다는 말인가요?" 하고 따져 물었으나 규정이 그렇다는 말과 나를 막무가내로 제지하면서 가로막는 관리들 때문에 나는 두려움에 떨며 눈물을 참았다. 실랑이 끝에 여권을 압수당하고 거액의 벌금을 내기로 한 후에야 간신히 그 상황에서 빠져 나올 수 있었다. 행복했던 나의 첫 한국여행은 그렇게 황당하게 마무리되었다.

그렇게 행복하고 황당했던 첫 번째 여행이 끝난 지 약 1년 후에 이번에는 남편이 한국으로 복귀하게 되어 이제는 정말로 베트남을 떠나 한국으로 아주 가야했다. 남편의 귀국일정에 맞추어 나는 압수당한 여권의 재발급을 신청했다. 그러나 시간적인 여유를 두고 신청한 여권은 여러 날이 지나도록 받지 못했다. 내가 사는 동나이성의 이민국에 신청을 하면 호치민의 이민국에서 발급을 해서 다시 동나이성의 이민국으로 보내주는 절차였는데 아무리 기다려도 여권은 나오지 않았다. 남편의 귀국일은 다가오는데 하루하루 피가 말라가는 느낌이었다. 동나이성 이민국에 물어보면 호치민으로 서류를 보냈다고 하고 호치민 이민국에서는 서류가 안 왔다고 했다. 이러다가 정말 남편만 혼자 한국으로 보내고 나는 베트남에 남아 영영 떨어질 것 같은 생각에 눈물이 마르지 않았다.

결국 남편 귀국일이 하루 앞으로 다가왔다. 참다못해 애가 탄 남편은 나에게 호치민 이민국의 담당자에게 내일까지 여권을 발급해주면 오백 불을 준다고 제안하라고 했다. 지금은 몰라도 그때는 그런 것이 통하는 시절이었다. 아니나 다를까, 다음날 호치민 이민국으로 여권을 찾으러 오라는 연락이 왔다. 받지도 못했다던 서류가 오백 불에 금방 나타나서 여권이 만들어진 것이다. 하지만 다음날 여권을 받는다고 해도 남편과 함께 한국으로 갈 수 있을지 알 수가 없었다. 여권을 받은 후에 한국영사관에 가서 비자를 신청해야 하고 그날 바로 받아야하기 때문이다. 당일에 비자를 받는 일은 상상할 수 없었다.

한국으로 가는 날 아침 나는 짐을 꾸려서 남편과 함께 호치민으로 출발했다. 엄마는 우리를 배웅하겠다고 했지만 어떻게 될지 몰라 남편과 둘이서만 호치민으로 떠났다. 여권을 찾고 한국 영사관에 비자를 신청했다. 영사관에서는 우리의 사정을 듣고 바로 비자를 발급해주었다. 너무 달랐다. 바로 비행기 표를 사고 그날 밤 남편과 함께 한국으로 출발했다. 경황이 없어 엄마에게 제대로 연락을 할 수 없었고 엄마는 결국 공항으로 배웅을 나오지 못했다. 어린 막내딸이 먼 외국에서 살려고 떠나는데, 언제 다시 볼 지도 모르는데 배웅조차 하지 못한 엄마의 심정은 어땠을까? 하늘에 비행기가 지날 때마다 어린 딸을 생각하며 눈물지었을 엄마에게 미안하기만 하다. 내가 좀 더 영리하고 눈치가 있었다면 그렇게 아쉬운 이별은 없었을 것이다.

# 내 이름은
# 구슬 옥에 비단 금

나의 이름은 Nguyễn Ngọc Cẩm(응웬 응옥 깜)이다. 그 이름이 무슨 뜻인지도 모른 채 23년을 살았었다. 베트남에서는 내 이름이 무슨 뜻인지 물어봐준 사람이 없었기 때문이다. 나 역시 엄마에게 내 이름을 무슨 뜻으로 지었는지 물어본 적이 없었다. 그냥 지어주신 대로 감사히 살았다. 흔히 베트남 사람의 이름은 세 음절로 되어 있는데, 남자 이름에는 가운데에 'Văn(반: 文)'이 들어가고 여자 이름에는 'Thị(티: 氏)'자가 들어간다. 남자는 글을 배우는 존재, 즉 사회적으로 높은 지위에 올라가는 존재로 생각한 반면 여자는 단지 어느 집안의 누구 정도의 느낌이랄까?

그런데 내 이름에는 'Thị'가 들어가지 않고, 가운데 'Ngọc'(응옥)이 들어가서 무척 예쁘고 고급스러운 느낌이 드는 이름에 속한다. 학교에 다닐 적에는 'Thị' 이름을 가진 친구들보다 자연스럽게 자신감을 갖게 해준 이름이다. '응웬'은 성이고 '응옥 깜'은 이름인데 베트남 사람들의 성은 한국의 김씨처럼 응웬이 대부분이다. 베트남 사람들은 이름을 부를 땐 보통 끝 자만 부른다. 그래서 나를 부를 때 '깜'이라고 부른다.

나는 한국에 온 지 1년 만에 카멜레온처럼 재빨리 원옥금으로 이름을 바꿨다. 한국인 이름과 똑같아 보이고 싶었기 때문이다. 될 수 있으면 내가 베트남인, 외국인이라는 것을 감추려고 했다. 나 혼자 남과 다르니까. 나만 남과 똑같이 변하면 되니까. 그 변신이 나에게 편안한 생활을 가져온다면 기꺼이 바꿀 수 있다고 생각했다. 그렇지만 사실 내 한국 이름 원옥금은 베트남 이름을 완전히 다른 것으로 바꾼 것은 아니다. 사람은 성씨를 바꾸면 뿌리를 잊어버린다고 한다. 한국인이 되면서 내 성씨와 이름을 그대로 유지할 수 있게 된 것은 나에 대한 남편의 존중과 배려가 담긴 마술이었다. 내 이름은 베트남 이름에서 한자를 찾아내어 한국어 발음으로 바꾼 것이다. 구슬 옥(玉)에 비단 금(錦), 나는 내 이름이 마음에 쏙 든다. 베트남 사람에게는 여전히 Nguyễn Ngọc Cẩm이고, 한국 사람에게는 원옥금이니까.

베트남 결혼이주여성들은 귀화하게 될 때 대부분 나처럼 베트남 이름을 한국 이름으로 바꾼다. 그렇지만 어떤 경우엔 남편의 성씨를 갖게 되기도 하고 또 어떤 경우는 이름마저 뜻이 완전히 다르게 된다. 예쁜 이름으로 지어주겠다며 남편이 한국의 유명한 연예인 이름을 따서 지어주는 경우도 종종 봤다. 그들은 부모가 지어준 이름을 성씨까지도 완전히 바꾸고 '한국 사람이 다 됐네.'라는 칭찬 아닌 칭찬을 받고 한국 사람이 되려고 노력한다. 그러다가 언젠가 본인도 자신을 못 알아보는 일이 없기를. 그녀가 어느 날 길을 가다가 어디선가 문득 자신을 잃어버렸다는 생각 때문에 당황하지 않기를.

다문화 동화 정책이 얼마나 효과적인가? 같은 베트남 사람끼리 만날 때도 한국 이름을 알려주면서 한국 이름으로 불러달라는 베트남 결혼이주여성을 간혹 볼 수 있다. 그런 여성들은 자신이 베트남 사람이라는 것 자체를 부인하고 자신이 베트남인이라는 것을 다른 사람들이 알까 봐 두려워하곤 한다. 정체성이 부끄러운 일이 될 수는 없다. 하지만, 동화주의를 지향하는 사회에서 소수자가 자기 정체성을 온전히 지키면서 살아간다는 것이 생각만큼 그리 쉬운 일은 아니다.

결혼이주여성인 우리에게는 사회에 나가 이주민에 대한 차별에 맞서며 우리를 불편해 하는 시선을 견뎌낼 용기가 필요하다. 요즘 시대에는 많은 사람들이 다른 사람들과 같지 않으려고 노력하며, 될 수 있으면 남의 눈에 잘 띄는 것이 독특하고 개성이 있는 것으로 여기는 추세다. 그런 의미에서 귀화를 하더라도 개명하지 않고 처음에 부모가 지어준 이름을 그대로 유지해 살아가는 것도 괜찮다는 생각이 든다. 나 자신을 온전히 지킬 수 있다면 어떠한 대가를 치러도 도전해 볼 만하다.

# 좁혀지지 않는
# 문화의 차이

누군가 한국 시집살이가 베트남댁에게 힘드냐고 묻는다면 나는 주저 없이 힘들지 않다고 말할 것이다. 인사와 아침밥을 잘하기만 한다면 말이다. 한국에서는 집안 어르신이 집을 나가거나 돌아오실 때 반드시 기다리고 있다가 인사를 해야 하고, 아침에 일하러 가는 시아버지와 남편을 위해 아침밥을 차려야 한다. 남편은 건설 현장에 다니기 때문에 아침마다 7시에 출근을 한다. 그래서 나는 그보다 더 일찍 일어나 밥을 해야만 했다. 베트남에서는 아침 출근길에 식당에 들러 쌀국수나 반미*를 사먹지 집에서 밥을 해먹지 않는다. 한국 사람들은 아

---

* 속을 넣은 바게트 빵의 베트남 이름

침밥을 든든히 먹어야 하루 종일 일을 잘 할 수 있다고 생각한단다. 그러려면 국수나 빵은 안 되고 밥을 먹어야 한다. 그러므로 좋은 아내는 남편의 아침밥을 잘 챙겨주는 아내다. 잠이 많은 20대였던 나 역시 못된 아내라는 소리를 듣지 않으려고 이른 아침마다 눈을 비벼가며 하루하루 견뎌냈다.

일주일 중에 남편이 쉬는 날인 일요일에는 늦잠을 잘 수 있었겠지만, 그날은 시어머님이 절에 가시는 날이다. 어머님이 다니는 청량사라는 절은 우리 집에서 버스로 한 시간 정도 걸린다. 불교 신자인 어머님은 매주 일요일마다 빠짐없이 절에 가신다. 그 덕에 나는 매일 아침 예외 없이 일찍 일어나야 했다. 어느 날 깜박 늦잠을 자버려 절에 가시는 어머님께 배웅 인사를 하지 못했다. 그날 오후에 아버님이 얼마나 혼을 내셨던지. 그 일로 시아버님에게 착한 며느리로서의 이미지가 깨져버렸다. 그 인사 문화 때문에 나는 마음이 늘 불안했다. 언제 시부모님이 집을 나가시는지 또 언제 들어오시는지 잘 대기해야 하기 때문에 늘 마음이 조마조마 하고 편하지 못했다.

아들을 낳기 전까지 나는 한국 생활에 적응하려고 어학당과 문화강좌를 이어 다녔다. 어머니와 함께 다니는 동안 마음이 든든했다. 어머니는 참으로 심지가 곧고 심성이 고운 분이셨다. 하지만 아버님을 받드는 어머니는 이해할 수 없었다. 매 끼니마다 식사를 챙겨드리고 물한 컵도 일일이 갖다 드리고 약도 챙겨드린다. 시아버지는 바쁘시지도 않으면서 자신의 약을 시어머님이 챙겨드려야 잡수셨다. 당뇨 약, 고혈압 약 등을 대신 챙기는 시어머니는 그야말로 조강지처셨다. 그당시 시어머니의 그런 순종적인 태도는 내게는 너무 답답해 보였다.

친정엄마도 매일 아빠의 식사를 챙겨드리고 약과 따뜻한 연유 한 잔을 갖다 드리곤 하셨는데 엄마의 모습은 보기에 불편하지도 않았고 오히려 정답게 보아왔던 내가 왜 시어머니의 모습에 그렇게 반감을 느꼈을까? 우리 아빠는 장애인이다. 허리를 다쳐서 불편한 몸으로 살아왔으니 엄마가 아빠를 돌봐드리는 것은 당연하게 여겼다. 그러나 시아버님은 다르다. 약은 드시지만 거동이 불편한 것도 아니고 마실도 혼자 가시는데 집에 오시기만 하면 모든 것이 시어머니의 서비스로 해결된다.

사실 한국 전통문화에 대해 전혀 알지 못하고 시집온 탓에 나는 날마다 의아해했다. 그 당시에는 '나처럼 해봐라, 요렇게~'라고 노골적으로는 하지 않고 묵시적으로 '나에게 어떤 기대를 하고 계신 것은 아닐까?' 하는 작은 의구심과 거부감이 있었다. 그것은 내 마음 깊숙이 반발심을 일으키고 있었다. 마음에 안 드는 것을 못 참는 나였지만 시아버님이 돌아가실 때까지 꾹 참고 지내야 했다.

한국의 생활방식에 따라 시어머니 본인이 남편을 공경하고 하늘만큼 떠받드는 것처럼, 며느리도 당신의 모습을 보고 적든 많든 간에 영향을 받아 아들에게 잘 해주었으면 하는 바람인 것 같았다. 남편은 하늘, 아내는 땅이라니? 나는 지금도 시어머니의 바람을 만족시킬 자신이 없다. 아내는 남편과 가정 내 같은 위치에서 평등하게 살아야 한다고 생각한다. 베트남에서 특히 남녀평등에 익숙하게 자란 나에게 시어머니의 기대는 무리였고, 이를 실천하는 것도 시대에 뒤처진 것이다.

# 나도
# 일하고 싶어요

지금은 페이스북 등 인터넷을 이용해 무료로 자유롭게 국제 통화가 가능하지만 1997년에는 국제 통화를 하려면 주로 데이콤이라는 통신 사가 운영하는 002번을 사용해야 했다. 한 달에 15분 통화료 2만 원은 내가 정한 기준이었다. 신랑의 수입만으로 살아야 하는 우리 네 식구 는 비교적 여유가 없었다. 왜냐하면 아파트 대출금을 갚아나가야 되고 온 식구 생활까지 감당해야 하는 남편의 어깨가 너무 무거웠기 때문이다. 그래서 베트남에 계신 친정엄마와 통화 시간은 월 15분에 만족해야 했다.

몇 년 사이 국제결혼이 증가하면서 이와 동시에 국제통화료가 가정

불화의 원인이 되기도 했다. 내가 결혼이주여성을 대상으로 한 상담의 경우를 보더라도 극단적인 경우는 국제통화료가 월 백만 원 심지어 이백만 원까지 나오면서 베트남 신부가 남편과 시어머니한테 쫓겨나는 일도 있었다. 그만큼 하소연할 데 없는 결혼이주여성의 서러움이 아니었을까. 2006년 이주여성 긴급전화 센터와 2008년 다문화 가정지원센터가 생긴 것은 천만다행이다.

매번 통화할 때마다 엄마는 '왜 집에만 있냐? 왜 일을 하지 않냐? 멀쩡한 사람이 왜 일하지 않으냐?'라고 늘 내게 성화셨다. 평생 바깥에서 일을 하며 돈을 벌어야했던 친정엄마의 눈에 집에만 있는 내 모습이 이해되지 않는 것이다. 그런 엄마 밑에서 자란 나도 일하지 않는 내가 쓸모없는 사람이라는 생각이 들어 밤마다 괴로웠다. 그 당시 여성은 결혼을 하면 대부분 집에서 살림을 하였고 '맞벌이 부부'는 그리 흔하지 않았다.

남편에게 내가 일하고 싶다고 하면 한국어를 잘못해 혹시라도 사회에 나가 일하게 되면 무시를 당할까 염려된다며 취직을 반대했다. 게다가 남양주는 공장도 별로 없고 외국인도 거의 없어 외국인을 채용할 분위기가 아니었다. 그렇지만 아무리 나를 생각해서 반대한 것이라고 해도 나는 남편과 시부모님이 내 마음을 몰라주고 일을 찾아주지 않은 것에 대해 섭섭했다. 이런 상황을 엄마에게 설명했지만 엄마는 이해하지 못하셨다.

서울로 가는 버스의 창밖으로 수많은 아파트가 보인다. 그 많은 집들 중에 '나의 집도 있으면 얼마나 좋을까.' 마음속으로 소원을 빌어본다. 사회 활동이 많아지고 한국사회를 좀 이해하게 되었을 때, 나의 절실한 희망은 나만이 아니라 한국에 사는 대부분 사람들의 로망이라는 사실을 알게 되었다. 그러니 얼마나 경쟁이 치열하겠는가. 직장인으로 20년, 혹은 그 이상을 열심히 일해야 융자금을 다 갚을 수 있다. 한국 사람은 집을 빌리거나 혹은 은행에 대출을 받아 집을 사서 몇 십년 동안 빌린 돈을 갚아나가는 것이 보통이다. 돈이 적으면 월세를 얻기도 하고, 좀 여유가 있으면 전세를 얻는 식으로 주택임대 문화가 아주 복잡하고 다양하다.

결혼하고 한국에 오기 전까지는 영어를 배우러 도시에서 잠시 기숙사 생활을 한 기간을 빼고는 태어난 집에서 쭉 살아왔다. 살아오면서 빚을 져본 적이 없다. 은행에서 대출을 받아 집을 산다는 사실을 그 당시에는 이해하지 못하여 큰 충격이었다. 우리 아파트 또한 갚아야 할 돈이 있다는 것이 항상 마음을 무겁게 했다. 그 빚을 갚기 위해 나는 하루빨리 취직하고 싶은 마음이 간절했다. 친정엄마의 성화에 영향을 받기도 했지만 일하지 않는 내가 스스로도 한심한 인간이라는 생각에 마음이 편하지 못하고 밤마다 괴로웠다. 몸이 아픈 것도 아닌데 왜 일하지 않고 남편에게 의지하여 살고 있느냐고 나 자신을 야단쳤다. 무엇보다 내가 이 사회에 속해 있지 않은 느낌이 날이 갈수록 나를 불안하게 했다. 남편의 반대 때문에 마냥 가만히 있을 수 없어 혼자서 그냥 일을 찾아보겠다고 무작정 집을 나섰다.

아파트에서 큰길가로 나가기 위해 동네 골목을 지나는데 아주 작고 나지막한 집에서 두런두런 이야기하는 소리가 들렸다. 가까이 가보니 아주머니 몇 명이 천을 가위로 자르고 재봉틀을 정신없이 돌리면서 일하고 있었다. 용기를 내어 다가가 나도 함께 일할 수 있냐고 물었다. 내 억양이 한국인과 달라서인지 다들 나를 이상한 눈으로 쳐다봤다. 몸집이 크고 건장한 아주머니가 자신이 공장 사장이라고 소개하더니 일단 천을 잘라보라고 가위를 건네줬다. 그 아주머니는 시범을 보였다. 숙달된 솜씨로 검정색 천을 재단했는데 그 손놀림이 '가위손'을 연상케 했다. 나는 빨리 하려고 했지만 천을 잘 자를 수가 없었다. 내가 왼손잡이라는 것이 내 인생에서 그 순간만큼 원망스러운 적은 없었다.

베트남에서는 왼손잡이가 머리가 좋다고 해서 자부심을 가졌건만, 여기에서는 왼손잡이용 가위가 없고 오른손잡이용 가위밖에 없었다. 가위질 못하니 나는 다른 일을 보조할 수밖에 없었다. 주로 천을 재단하는 이 공장에서 허드렛일만 하게 되었다. 그 다음 날 근무시간이 끝나자, 여 사장은 더 이상 나오지 말라고 했다. 왼손이 원수가 되다니. 한국어가 서툴러 소통이 안 되는 상황에서 남의 도움 없이 무작정 도전한 첫 일자리 도전은 이렇게 실패로 끝났다.

# 허전하고 슬픈
# 타국살이

나는 베트남을 떠나 빨리 외국으로 가고 싶었다. 언니가 호주로 갔을 때 내가 고등학생이었으니, 꽤 오랫동안 외국에 대한 로망을 가지고 있었던 것이고 그 로망은 한국이 되었다. 그러나 한국에 와서 미처 생각지 못한 일들을 하나둘씩 맞닥뜨리기 시작했다. 남편의 사랑만 있으면 아무 문제없다고 생각했고, 시댁과 잘 지내기만 하면 된다고 믿었다. 짧은 생각이었다. 주위에 아는 사람이라고는 시댁 식구들밖에 없고, 친구라고는 시어머니의 친구인 동네 아주머니와 할머니들밖에 없다. 어차피 '시'자가 들어가는 건 내 편이 아니라는 이야기가 있듯이 정말 그랬다.

베트남에서는 친구가 많고 발도 넓은 편이었다. 한국에 와서 외톨이가 될 거라고는 예상하지 못했다. 마치 독수리가 날개가 부러져 외딴 섬에 떨어진 것처럼 인간관계가 끊겼다. 세상이 나를 외면하는 느낌이었다. 타국에서 늘 소외감을 느끼면서 나는 사회적 소속감을 끊임없이 원하게 되고, 그 채워지지 않는 갈망이 불안감의 원인이 되기도 했다. 내게 남편과 시댁이 있어도 나는 늘 혼자였다. 속마음 깊이 털어놓을 수 있는 '사람'도 없었다. 보통 시집간 여자는 친정엄마나 언니에게 속마음을 털어놓는데, 나에게는 그런 '사람'이 없었다. 사실 나의 처지를 엄마가 걱정하실까 봐 말할 수 없었다. 아니, 말하지 못한다기보다는 말을 해도 엄마의 공감을 얻을 수 없기에 미리 포기한 것이라 할 수 있다. 엄마는 일도 하지 않고 집에서 살림만 하는데 뭐가 힘드냐고 나를 나무랐다. 언니들도 마찬가지로 한국 상황을 잘 모르니 속 깊은 대화를 나누지 못했다.

남편은 외아들이고 위로 누나가 4명이 있다. 시누이들은 각각 핵가족을 이뤄 아이를 2명씩 키우고 있다. 시부모는 모시고 살지 않는다. 똑같은 여자인데 왜 나는 시부모를 모시고 살아야 하는지 나 혼자서 백 번 천 번 되물어봤다. 나도 시부모와 살지 않고 친정엄마와 가까이 살면서 가끔 엄마가 보자기에 싸준 음식을 받아먹고 싶다. 시누이들처럼 명절 때마다 첫째 날에는 시댁에 가고 둘째 날에 친정집에 가서 밤새도록 놀고 자매들끼리 정겹게 수다를 떠는 것도 해보고 싶다.

남편과 연애할 때 나는 영어로 말을 했고 한국에 와서도 영어로 했었는데 언젠가부터 한국어로 서로 대화했다. 시댁 식구들과는 처음부터 어쩔 수 없이 한국어로 대화해야 하니 제한된 내용일 수밖에 없었다. 입이 있어도, 말할 줄 아는 사람이어도, 말하고 싶은 것이 많아도 표현할 수 없었다. 날이 가면 갈수록 가슴이 미어졌고, 멍든 응어리가 되었다. 그 응어리가 십여 년 지나며 나를 끊임없이 괴롭혔다. 물론 나중에 사회 활동을 많이 하고, 베트남 공동체를 만들어 베트남 친구들과 왕래하게 되면서 조금씩 치유되기도 했지만 완전히 아물지는 못했다.

언어 소통과 관련하여 미처 예상하지 못한 어려움도 있었다. 그 시절에는 제대로 된 한베 사전이 없어 한국어의 뜻을 알려면 한영사전을 보고 영베 사전을 이용해야 뜻을 알 수 있었다. 한자는 처음에 외대 어학원에서 한국어를 6급까지 공부하려고 했던 나를 4급까지만 공부하고 중단하게 한 걸림돌이었다. 한국어 4급은 중급이라고 할 수 있는데 이때부터 공부가 점점 어려워진다. 새로운 단어가 많아지면서 동음이의어와 같은 한자로 된 단어를 알지 못하면 뜻을 구별하기가 힘들어지는데 이런 말을 계속 익히려니 수업내용을 점점 이해하기 어려워졌다. 책이나 신문 기사 등에서 새로운 단어가 나오면 선생님은 으레 그 글자 옆에 한자를 써주면 끝이었다. 더 이상 설명할 필요가 없다고 생각한 모양이었다.

4급에 올라가자 우리 반에는 중국, 일본 학생 외에 다른 국가 출신은 나밖에 남지 않았다. 나만 한자를 몰라 도대체 그 단어는 무슨 뜻인지 전혀 알 수가 없었고 수업은 도저히 따라잡기 힘들어졌던 것이다. '물어봐' 별명을 가진 나의 질문에 돌아온 대답은 "한자를 배우세요!"였다. 결국 나는 베트남에서 한자사전을 구해와 독학으로 익혔지만, 한자권이 아니라는 이유로 왕따를 당하는 느낌이 들곤 하였다. 너무나 불공평하다고 생각했다.

사실 베트남은 한자 문화권이었다. 프랑스의 침략을 당하기 전까지 베트남은 한자를 썼었다. 그러나 100여 년간 프랑스의 지배를 받았던 베트남은 프랑스 선교사가 라틴어를 이용해 6성을 표기해 만든 베트남어를 사용하고 있다. 이후 베트남 후손들은 한자와 멀어지게 되었는데, 그 여파가 한국어를 배우는 과정에서 내게 준 불편함이다. 결국 한국어 5, 6급을 포기하게 된 연유가 된 것이다.

# 고향의 음식

나는 원래 식성이 좋아 음식을 가리지 않는 편이다. 한국에 오기 전 남편과 한국 식당에 가본 적이 있었는데 웬만한 한국 음식들은 다 잘 먹어서 음식은 별로 문제되지 않는다고 생각했다. 한국 생활 초기부터 한국어와 한국 음식에 빨리 적응하려고 애썼다. 그 나라 말과 그 나라 음식으로 살아가면 된다고 믿었다. 그러나 한국 음식을 먹으면서도, 가끔씩 어렸을 때 좋아하던 베트남 음식이 그리웠다. 하지만 식재료가 없어 스스로 만들 수 없었기 때문에 그냥 참고 넘어가야 했다. 영영 괜찮을 줄 알았다.

그러던 어느 날 그동안 뭔가 소중한 것을 놓쳤다는 느낌, 나 자신

어느 한 부분을 잃어버렸다는 느낌이 들었다. 고향 음식을 먹지 않아도 괜찮다는 의지가 이긴 줄 알았는데 어느 날 'Túc nước vỡ bờ' (뜩 느억 버 보)**라는 베트남 속담처럼 감당하기 힘들 정도로 폭발한 그리움에게 저버렸다. 그럴 때는 남편이 짜증나고 원망스럽고 내 자신마저 분하고 무기력하다. 베트남과 한국 음식의 가장 큰 차이점은 향이다. 그리운 향을 내는 채소들은 한국에서 찾아볼 수 없다. 말리지 않은 생쌀국수도 한국에 없다. 먹고 싶을 때에 먹지 못한 그 불만족은 쌓이고 쌓여 10년, 20년이 지나 때로는 억울함과 섭섭함으로, 때로는 분노와 원망으로 얼굴을 바꿔가며 나를 절망에 빠뜨린다.

보통 때는 그럭저럭 참고 넘어갈만했지만, 임신했을 때는 고향 음식이 미치도록 그리웠다. 첫 아이를 가졌을 때였다. 특히 바인깐(쌀국수)이 그렇게 먹고 싶었다. 한국에서 바인깐과 비슷한 음식이 있는지 곰곰이 생각해 보니, 쌀로 만들지는 않았지만 일본식 우동의 모양과 맛이 그런대로 비슷해보였다. 그것으로라도 고향 음식에 대한 그리움을 달래보기로 했다.

입덧에 시달리는 며느리를 위해 시어머니가 사다주시겠다고 하여, 김이 모락모락 올라오는 우동 그릇을 상상하며 부풀어 오른 기대와 함께 시어머니가 오실 때를 기다렸다. 그러나 시어머니는 우동이 아

---

** 물이 차오르면 둑이 무너진다는 뜻

닌 칼국수를 사오셨다. 믿을 수가 없었다. 우동을 칼국수로 착각하신 우리 시어머니. 원래 나는 칼국수를 싫어하지 않았다. 그때까지는. 그러나 그 이후 다시는 칼국수를 먹지 않는다. 안 좋은 추억이 되었다. 그해 겨울, 한밤중에 수박이 먹고 싶은 아내를 위해 자다가 벌떡 일어나 밖으로 달려 나가 구해오는 남편이 아니었으면 아마도 지금까지 한으로 남아있을지도 모른다.

한 번은 '분보훼'라는 베트남 쌀국수가 먹고 싶었다. 그것도 그냥 아무데서나 파는 '분보훼'가 아니라 예전 호치민시에서 공부할 때 자취하던 곳의 골목길 노점에서 파는 '분보훼'가 먹고 싶었던 것이다. 그냥 '분보훼'도 한국에서 구할 수 없는데, 꼭 그곳의 '분보훼'라니? 나는 도저히 먹을 수 없다는 것을 알면서도 쉽게 단념이 되지 않았다. 그런데 기적이 일어났다. 마침 남편이 회사에서 베트남으로 출장갈 일이 생긴 것이다. 남편은 돌아오는 길에 친정 언니의 도움으로 그곳의 '분보훼'를 사왔다. 새벽에 한국에 도착하자마자 집으로 가져와, 신선한 '분보훼'를 먹을 수 있었다.

비록 칼국수로 내 마음을 상하게 하였지만, 시어머니는 임신기간 내내 낯선 땅에 온 어린 며느리를 세심하게 보살펴주셨고, 남편도 만리 길을 오가며 베트남 음식을 공수해 온 덕분에 나는 이듬해 초여름에 무사히 첫 아이를 낳았다.

# 상처 입은
# 민족 자존심

어쩌다 가끔 TV에서 베트남에 관한 언급이 나오면 반가워 달려가 곤 하는데, 매번 월남 전쟁에 관한 이야기였다. 내용이 다른 프로그램 이 유일하게 하나 있었는데 이는 한 유명한 한국 연예인이 베트남 소 수민족 지역에 가서 현장 체험을 하는 오락프로그램이었다. 그 체험 과정에서 소수민족 남성들과 닭싸움 경기를 하는 내용이 있었다. 그 연예인은 키가 크고 체력이 좋았고, 베트남 소수민족 남성들은 키가 작고 체력이 연약해보였다. 누가 봐도 모든 면에서 베트남 소수민족 남성들은 그 연예인의 상대가 아니었다. 그 연예인은 민족 우월감이 넘치는 눈빛으로 상대방을 멸시하듯 바라보며 무적 선수처럼 날뛰었 다. 상대방이 알아듣지 못하는 한국어로 온갖 무시하는 말들을 막 뱉었다.

그 순간 나는 누가 베트남 사람 아닐까봐 보는 내내 화가 치밀어 올랐다. 프로그램이 끝난 후에도 그냥 넘어갈 건지를 한동안 고민했다. 방송국에 항의 편지를 쓰고 싶은데, 한국어로 쓸 자신이 없었다. 남편에게 내 고민에 대해 이야기했지만, 남편은 방송국에 항의 편지를 보내는 것에 찬성하지 않았다. 결국 무시당하고 상처 입은 내 민족 자존심은 그 당시 남편이 글쓰기를 도와주지 않으면서 나의 한국어 글쓰기 무능력을 탓할 수밖에 없었다. 답답한 마음을 글로 쓰지 못하는 내가 비참하게 느껴졌고, 이 땅에서 내 마음을 남에게 전달하고 내 뜻을 표현하려면 생활하는 정도의 한국어 수준만으로는 부족하다는 것을 새삼 깨달았다.

부족함은 또 있었다. 대학 졸업은 나의 콤플렉스이자 내 꿈이었다. 한국은 대학을 졸업해야 인정해주는 사회이다. 한국사회에 대해 잘 몰랐던 내가 실생활에 부딪히며 저절로 알게 된 진리다. 대학을 졸업하지 않은 대통령도 무시를 당하는데, 평범한 이주민인 나는 오죽하겠는가. 사람과 대화할 때 학력에 관한 이야기가 나오면 나는 늘 주눅이 들었다. 베트남에서 대학을 졸업하지 않은 채 한국에 온 것이 어느새 나의 한이 되었다.

사회가 요구하는 수준에 못 미치는 나는 자신감이 사라지고 늘 남보다 능력이 부족하다는 열등감이 밀려왔다. 대학을 졸업하게 되면 무시당하지 않고 또 자신감이 생길 거라고 생각했다. 대학은 나에게 날개를 달아줄 발판이고, 한국이라는 나라에 들어가기 위해 필요한 열쇠라고 생각했다. 나는 대학 입학을 위해 고등학교 교과서를 구입해 독학했다. 교과서 속에서 소박맞은 여성의 삶 이야기와 가부장적 풍습, 남북 분단으로 인한 이산가족의 슬픈 사랑 이야기, 일본으로부터 침략당해 억압받은 이야기 등을 접하게 되었다. 한국의 아리랑이 왜 그리 슬프게 느껴지는지 알 것 같았다. 아이러니하게도 남편은 일본을 싫어하고 일본이 잘 되면 배가 아파하면서도 일본 만화와 애니메이션을 즐겨본다. 그런 점을 지적하면 남편은 지피지기면 백전백승이라고 핑계를 댄다.

# PART
# 03

# 나는 그래도
# 운이 좋았다

- 사랑받는 베트남 며느리
- 남편의 사랑, 시어머니의 기도
- 한국어학당과 방송대학교
- 뒤늦게 알게 된 베트남 역사
- 분가를 위한 10년의 노력
- 내 꿈과 미래는 이 땅 위에

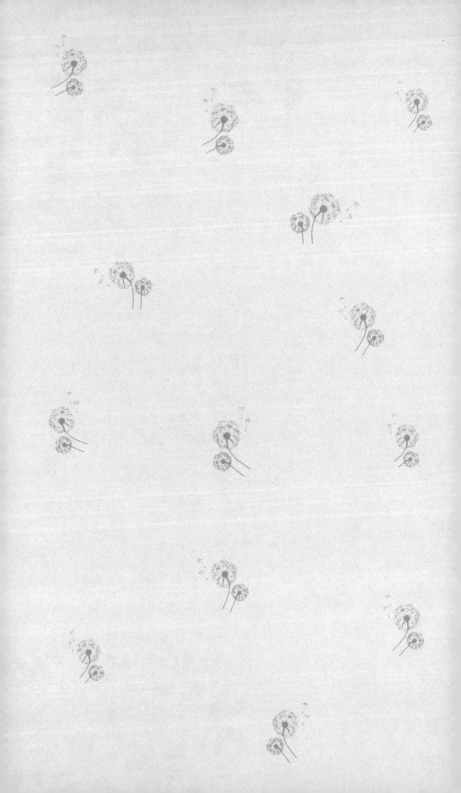

# 사랑받는
# 베트남 며느리

한국에서의 첫 출발은 1997년 남양주시였다. 처음 살게 된 그곳은 당시만 해도 한적한 전원도시였다. 산과 들이 많았고 가끔 논밭 풍경이 펼쳐지기도 했다. 그러면서도 하나둘씩 아파트가 생겨나고 있었고 도로가 잘 정비되어 있어 도시의 느낌도 약간 있었다. 나의 고향 동나이성 롱탄은 전형적인 농촌 마을이었다. 산이 없고 넓게 펼쳐진 고무나무숲과 구불구불 흘러가는 강물이 잘 어울리는 베트남 남부의 시골이었다. 그런 곳에서 자란 나에게 남양주의 풍경은 새롭고 신기했다.

남양주에서는 시부모님과 함께 살았다. 산으로 둘러싸인 새 아파트의 바로 뒤에는 나지막한 산이 있었고 그 산 너머에 시아버지가 애정을 쏟는 텃밭이 있었다. 시아버지는 취미로 그 텃밭에 열무, 콩, 배추, 고추 등을 심고 가꾸셨다. 원래 농부의 딸인 나는 시아버지의 텃밭이 무척 반가웠다. 나는 오리마냥 시어머니를 따라다녔다. 봄에는 시어머니와 동네 어르신들과 함께 뒷동산에 가서 봄나물을 캐고 여름에는 텃밭에서 고추, 상추, 오이 등을 따는 재미가 쏠쏠했다. 나는 싱싱한 채소로 시부모님께 월남쌈을 자주 만들어 드렸다. 시아버지는 월남쌈을 무척 좋아하셨고 양껏 잡수셨다.

사실 시아버지는 베트남 리(李) 왕조의 후예인 화산 이씨 28대손이셨다. 덕분에 나는 시아버지의 사랑을 듬뿍 받았다. 나는 부엌살림부터 살펴보고 소쿠리는 어디에 있는지, 바가지는 어디에 있는지, 소금은 어디에 있는지 등을 시어머니가 귀찮아하실 정도로 일일이 여쭙고 또 여쭤보았다. 그 모습을 지켜보는 시아버지는 나를 무척 마음에 들어 하셨다.

베트남에서 한국에 도착한 바로 다음날 아직 시부모님과 익숙해지기도 전인데 남편은 나를 집에 홀로 남겨 두고 회사에 출근을 했다. 건설회사에 다니는 남편은 저녁이 되어서야 집에 돌아오고 토요일에도 현장에 나간다. 나에겐 아직 낯선 시부모님과 주위 환경이 무섭기도 하고 외롭기도 했다. 모든 것이 나에게 새로운 것이라 호기심으로 이것저것 알아보며 막연한 두려움과 불안한 마음, 특히 외로움을 잊으려고 노력했지만 역부족이었다.

아침마다 출근하는 남편을 보면 나도 함께 따라가고 싶었다. 나의 외로운 마음을 아신 시어머니는 될 수 있으면 함께 시간을 보내려고 애쓰셨다. 낮에는 동네 노인정에 데려가 주셔서 이웃 할머니들과 대화하고 놀 수 있었다. 덕분에 나는 고스톱을 재빨리 배울 수가 있었다. 우리는 저녁 식사 준비를 위해 시장에도 함께 가고 요리도 함께했다. 김치찌개, 된장찌개, 동태찌개 등 시부모님은 내가 만든 음식이면 늘 칭찬을 아끼지 않으셨다. 시어머니 입장에서 보면 나는 한국어도 모르고 한국 물정도 모르고 한국 돈의 가치도 잘 모르는 어린아이 같은 철부지였을 텐데…. 지금 생각해보면 정말 고마운 분이시다. 한국 생활에서 나는 이주민치고는 참 행운아라는 생각이 든다. 그때는 몰랐지만 지금 생각해보면 내게는 특별한 사랑을 주신 남다른 시부모님이셨다.

# 남편의 사랑,
# 시어머니의 기도

　한국에 오기 전 나의 몸 상태는 엉망이었다. 베트남에서 장염 약을
지어 끊임없이 먹었는데도 소용이 없었다. 결혼 직전까지도 이렇게
죽는가보다 싶게 겁이 날 정도로 고생을 했다. 한국에 왔을 때 거리에
육교가 많다는 것을 알았다. 나는 다리에 힘이 없어 육교를 보면 한숨
이 나왔다. 육교에 오를 때면 할머니마냥 쉬엄쉬엄 쉬면서 계단을 올
랐다. 그때는 육교도 많고 육교에 계단도 많아서 정말 힘겨웠다. 막
내 시누이는 한국에 온 나를 구경시켜주고 싶어 했지만 내 몸이 따라
주질 못해 아쉬웠다. 그런데 신기하게도 한약 두 첩을 지어 먹고 나서
거뜬히 회복되었다. 맥박을 짚어본 젊은 한의사는 한국어도 모르는
내게 기력을 회복할 수 있는 한약 처방을 하였다. 한약의 약효는 정말

신통하다. 언제 아팠던가 싶을 정도로 두 달 만에 건강을 되찾을 수 있었다.

한국의 겨울은 무서웠다. 처음 맞이한 한국의 겨울은 아쉽게도 몸이 좋지 않았던 까닭에 베트남에서부터 궁금해했던 하얀 눈이 내렸는데도 바라보고만 있어야 했다. 손가락 하나로 가만히 만져보았지만 큰 감동은 없었다. 그림으로 본 상상했던 아름다운 눈인데, 나의 여덟째 언니가 동경하며 사랑했던 눈인데 허약한 나에게는 그다지 즐겁지 않았고 발이 미끄러질까봐 무서워서 눈의 아름다움을 여유 있게 즐기지 못했다.

더구나 내게 찾아온 수족냉증으로 차가운 겨울이 더 싫었다. 남편은 나의 꽁꽁 언 손과 발을 매일 밤마다 마사지해주었다. 결국 따뜻한 기운이 돌아왔다. 26년이 지난 지금도 우리 남편은 습관적이다. 남편의 손은 내게 약손이다. 남편은 이제 마사지의 의무에서 해방되고 싶다고 한다. 하긴 일하고 돌아온 피곤한 몸으로 내 발마사지까지 해주려면 남편도 여간 힘든 게 아닐 것이다. 감기로 인한 비염은 더 심해졌다. 코감기를 달고 살았다. 그래서 겨울에는 집안에서만 지내느라 쓰레기 분리수거는 항상 남편이 맡아했다. 심지어 냉장고에서 김치를 꺼낼 때도 그때마다 남편이 꺼내주었다. 수족냉증 덕이다.

보통 사람들이 남편의 사랑을 느끼는 때는 언제일까? 여러 가지 일로 바쁜 나는 늘 집안일에 소홀하지만, 남편은 회사 일을 하면서도 집에 오면 피곤함을 견뎌가며 집안일과 아이들을 챙긴다. 그런 남편에게 고마움을 느끼고 사랑을 느낀다. 특히, 나는 의외의 상황에서 남편의 사랑을 느끼기도 한다. 행사에 참석할 때마다, 회의장에서 오른쪽 손을 왼쪽 가슴에 얹어 다른 사람과 애국가를 함께 부를 때마다 남편의 사랑을 느낀다.

한국의 애국가를 부를 때마다 한국을 사랑하는 감정이 북받쳐 올라와 목이 메는 동시에 남편의 사랑을 느끼는 것은 왜일까? 아마 내가 한국이라는 세상을 접하려면 남편이라는 관문을 통해 가야 하는 것이고 남편을 사랑해서 한국까지 사랑하게 되는 것이 아닐까? 아니면 남편 덕에 내가 한국이라는 사회에 속하게 되어 그 소속감으로 한국에 대한 사랑을 느끼게 해준 남편이 고마워서 남편의 사랑까지 느끼게 되는 것일까? 어떻게 표현할지 모르겠으나 나와 한국 사이에 남편이 아주 중요한 역할을 하는 것이 틀림없다. 남편이 한국에 대해 바라보는 시각이 긍정적이냐 부정적이냐가 나에게 큰 영향을 준다. 남편의 지극한 나라 사랑은 나에게도 옳은 것 같고 그 사랑을 느낄 때면 남편의 사랑까지도 같이 느끼게 되는 것 같다.

한국에 올 때, 임신과 출산이라는 책을 미리 챙겨왔었다. 그리고 임신 사실을 알게 되었을 때부터 그 책 속에서 안내하는 대로 생활했다. 클래식 음악을 듣고 소화가 잘되는 음식을 먹고 출산을 잘하기 위해 골반 이완 운동도 하고, 오후마다 동네의 논과 밭을 산책했다. 동네 산부인과도 정기적으로 다녔는데, 의사와 간호사들은 친절했다. 나는 엄마가 곁에 없어도 잘 해낼 거라고 믿고 씩씩하게 출산 날을 기다렸다. 그러나 자신감은 6시간 동안의 출산 진통 끝에 아이를 낳고 회복실로 옮기는 도중에 쓰러짐으로써 사라져 버렸다.

눈을 떴을 때는 아무 기억나지 않았다. 남편이 말해주지 않았더라면 쓰러진 사실조차 몰랐을 것이다. 남편의 말을 듣고 나니 엄마가 간절히 보고 싶었다. 하염없이 눈물이 흘러나왔다. 엄마와 전화로 얘기를 할 때는 아이를 잘 낳았다는 얘기밖에 아무 말도 할 수가 없어 계속 울기만 했다. 나중에 들은 이야기인데, 그날 내가 아이를 낳느라 정신이 왔다 갔다 하는 동안에 시어머니는 밖에서 나를 위해 기도하고 계셨다고 한다. 그 말을 듣자 친정엄마가 옆에 없어 서운한 마음을 시어머니가 따뜻한 손으로 어루만져준 것만 같았다. 정말이지 나는 운이 좋다.

# 한국어학당과 방송대학교

나는 남편과는 영어로 대화하고 시부모님과는 한국어로 대화를 했다. 시부모님은 하나밖에 없는 아들이 어린 며느리를 데려오니 반가워하셨다. 매우 기뻐했고 귀하게 대해주셨다. 한국어를 모르는 나를 위해 남편은 집에서 가장 가까운 외국어대학교 어학당에서 공부할 수 있도록 등록을 해주었다. 길을 모르는 며느리를 위해 시어머니는 내가 어학당 가는 길에 익숙해질 때까지 매일 동행하셨다. 집에서 어학당까지 버스로 1시간 남짓 걸리는데도 길이 낯설어서인지 내게는 아주 멀게만 느껴졌다. 다행히 시어머니가 주신 책으로 집에서 공부해 왔던 기초공부 덕분에 나는 레벨테스트를 받은 후 2급부터 시작할 수 있었다. 한국어 전 과정은 1급부터 6급까지 있다. 한 과정 당 3개월인데 나는 4급까지 9개월간 다녔다.

처음에 우리 반에는 필리핀인 1명, 일본인 8명, 중국인 1명, 대만인 1명, 독일인 1명, 스위스인 1명 그리고 나까지 포함하여 모두 14명이 있어서 마치 국제회의장 같았다. 그중 새댁은 5명이고, 남자 3명은 독일인 의사와 일본인 교수, 일본인 사업가였다. 아무래도 새댁끼리 친해졌다. 특히 청소이야기를 많이 하던 모범생 일본인 새댁 료코 씨는 내 별명을 '물어봐'라고 지어주었다. 궁금한 것을 못 참는 나에게 어울리는 별명이라며 모두들 수긍하는 뜻으로 웃음을 터뜨렸다. 지금 생각해도 어학원에서 공부하던 때는 참 즐거웠다.

어학당을 다니는 동안 각 나라의 특색 있는 요리도 배울 수 있었다. 어학당에서 가까운 곳에 사는 료코가 만들어 주던 독특하고 부드러운 계란찜과 무즙간장 두부 프라이와 의정부에 사는 필리핀 새댁 메르세데스의 스파게티 등이 생각난다. 일본 계란찜은 깜찍한 뚜껑이 있는 컵처럼 생긴 그릇에 계란을 담고 새우나 닭고기를 얹어 찌기도 하여 색다른 음식이 되었다. 20대 초반 새댁 우리 셋은 음식을 나누고 서로 의지하며 향수병을 달랬다.

어학당 생활도 감사한 일이었지만 내 조건에 맞는 방송대는 또 얼마나 감사했는지 모른다. 따로 입학시험을 보지 않고도 고졸 자격증만 있으면 입학이 가능하다는 것도 얼마나 다행스런 일인지. 부랴부랴 서류를 준비해서 원서를 내고 합격을 하여 드디어 입학을 했다. 나같은 외국 출신 학생에게 방송통신대학이 더 좋은 점은 강의 내용을 다 이해하지 못하면 반복적으로 다시 들을 수 있다는 것이다. 낮에는 도서관에서 공부하고 저녁에는 스터디 모임에 참여하러 갔다. 누가 이질감 때문에 따돌림을 당한다고 했던가? 누가 외국인이라서 차별당한다고 했던가? 나는 공부하는 동안 전혀 그렇지 않았다. 오히려 내가 다른 사람과 다른 점이 있으니 스터디 학우들이 나에게 더 관심을 갖고 이해하고 더 아껴줬다. 대부분 나보다 나이가 많은 언니 오빠들이었는데 그들의 배려가 그저 고맙기만 했다.

스터디 모임을 가면 선배들이 과외처럼 과목마다 봉사 강의를 해줬다. 자신의 시간을 내어 일주일에 세 번씩이나 강의를 해준 선배들 덕에 혼자서는 아무리 반복적으로 읽어도 이해가 되지 않는 책의 내용들이 머릿속으로 조금씩 들어갔다. 뚝섬에 있는 '큰 나래 스터디'의 선배와 학우들은 나의 은인들이다. 특히 내가 속한 '19나래'의 이시원 동기회장은 시험 정보가 어두운 베트남 학우를 위해 늘 잊지 않고 꼭 챙겨주었다. 한국어를 잘 못하지만 열심히 공부하는 내가 기특해서인지 등산대회, 체육대회, 여행 등 모든 활동에 반드시 함께할 수 있도록 배려했다. 때로는 열심히 하는 나의 모습이 그들이 공부하는 데 동기부여가 됐다고 한다.

대학을 무사히 졸업한 것도 학우들이 큰 몫을 했다. 15년이나 지난 지금도 단톡방에서 서로 소식을 주고받고 가끔은 번개 모임도 한다. 친절하고 따뜻한 분들을 만난 것은 내게 행운이었다. 평생 함께 걸을 수 있는 이런 행운은 내게 있어 참 축복받은 일이다.

# 뒤늦게 알게 된
# 베트남 역사

나는 한국에 오고 나서야 내가 베트남 역사를 충분히 배우지 않았다는 것을 알게 되었다. 외국어대학교 어학당에서 한국어를 공부하는 동안 베트남어학과에 다니는 한국 여학생과 언어를 교류하는 차원으로 만난 적이 있었다. 그녀는 첫 만남에서 내게 미안하다고 했다. 나는 왜 미안하냐고 물었더니 베트남 전쟁에서 한국군이 베트남 양민을 학살했기 때문이라고 했다. 나는 그때 그런 비극적인 역사가 있었다는 것을 처음 알게 되었다. 내 기억에 학교에 다닐 때 이런 내용을 배운 적이 없다.

어렴풋이 아버지가 하셨던 말씀이 떠오른다. 베트남 전쟁에 한국군, 태국군, 필리핀군도 참여했었다는 것이다. 또한 세계 제2차 대전 종전 직전의 일본군 이야기도 들었다. 일본군은 가는 곳마다 사람을 마구 죽이고 임신한 여성까지도 칼로 배를 갈라 죽여 악명이 하늘을 찔렀다고 했다. 그러나 학교에서는 주로 프랑스군이나 미군을 상대로 항전한 이야기만 배운 기억이 난다. 한국군의 베트남 양민 학살에 대해 전혀 배우지 못했으니 사과에 대해 당황할 수밖에 없었다.

자라면서 내가 접했던 역사에 관한 내용은 늘 같았다. 학교에서는 세계에서 최고 강대국인 미제국도 쫓아내고 프랑스제국도 항복시킨 베트남 민족이 대단하다고 가르쳤고 이러한 자긍심을 강화하는 문학이나 역사를 수도 없이 반복해서 배웠다. 그 덕에 어린 마음속에는 내가 베트남 사람이라는 것이 아주 자랑스럽고 어깨가 으쓱하곤 했다. 특히 작문시간의 글쓰기 주제는 대부분 베트남 군인과 인민들이 미제국주의와 프랑스 제국주의에 맞서 장기 항전한 것에 대해 분석하고 그 의의에 대해 쓰는 것이었다. TV, 신문, 학교 교육에서 12년간 새로운 것이 없고 늘 똑같은 내용을 접하다 보니 어느새 너무 지루하고 머릿속에 불만이 생기기 시작했다.

고등학교 3학년 어느 날, 작문 시험이 있던 아침 시간에 학생들은 모두 운동장에서 줄지어 모였다. 여학생들은 하얀 아오자이*를 입었고 남학생들은 하얀 티셔츠와 검정 바지를 입고 있었다. 의자가 없어 글을 쓰려면 그냥 모래 바닥에 앉거나 쭈그리고 앉아야만 했다. 여학생에게는 좀 불편한 자세였다. 이번에도 베트남이 전쟁에서 미국을 이긴 주제로 평론 글을 쓰라는 시험이었다. 사상교육을 더 이상 참지 못한 나는 맨날 미국을 이긴 과거에 집착하고 가난한 현실과 막막한 미래를 어떻게 헤쳐 나가야 할지 학생에게 단 한 번도 교육하거나 토론하는 적이 없는 교육 방식에 문제가 있다고 글에 담아 제출했다.

며칠 후, 수업 중에 갑자기 교감선생님이 나를 호출했다. 나를 왜 부르는지 궁금했다. 교감선생님의 복잡한 표정을 보고서 나는 그 심각성을 알게 되었다. 선생님은 나의 오빠, 언니, 부모 등 가족들에 대해 한 명씩 물어보기 시작했다. 오빠들, 언니들의 직업은 무엇이고 부모는 뭐하는 분인지 등을 꼬치꼬치 물어봤고, 한참을 에둘러 마침내 본론에 들어가 왜 글을 그런 식으로 썼는지 물었다. 나는 떨면서 그냥 생각대로 사실대로 썼고 아무 나쁜 뜻이 없다고 대답을 했다. 선생님은 내가 두려움에 떠는 모습을 보면서 실은 우리 오빠들, 언니들이 다 당신의 학생들이었고, 현재 중학교 교사라는 사실 등 내 가족에 대해 다 알고 있다며 다음에는 그런 글을 쓰지 말라고 했다. 나는 "네."

---

\* 베트남 여성의 민속의상

라고 대답을 한 후 자리에서 벌떡 일어나 인사를 하고는 교실로 달려 갔다. 다리가 후들거렸다. 지금도 당시만 생각하면 등골에 땀이 난다. '휴우' 하고 한숨이 절로 나온 사건이었다.

그때 이후 베트남 교육 방식 때문에 역사 공부에 대해 완전히 흥미를 잃어 제대로 공부하지 않았다. 아마도 베트남 전쟁에서 주적은 미국이었고 한국의 참전은 부차적이었기 때문에 전후 역사교육에서 잊힌 것인지도 모른다. 지금도 베트남에서 한국군의 양민학살 문제는 별로 이슈가 되지 않는다. 아무튼 자국의 역사를 잘 몰랐던 것이 부끄럽기도 하고 좋은 마음으로 사과한 한국 학생과 깊은 대화를 나누지 못해 아쉬웠다. 그런데 마음 한편에서는 그 학생에게 고맙다는 생각이 들었다.

그 후 한국에 살면서 베트남에 대해 미안해하는 사람들을 많이 만났다. 한베평화재단의 활동가들이 양국의 상처를 치유하기 위해 정말 많은 노력을 하는 것도 알게 되었다. 상처가 제대로 아물기는 아직 먼일이지만 이들의 노력은 정말 감사한 일이다.**

---

** 2023년 2월 7일 한국의 법원은 베트남 전쟁 당시 한국군이 저지른 민간인 학살에 대한 한국정부의 책임을 처음 인정하는 판결을 내렸다. 한국의 양심적인 사람들과 단체들이 연대하여 이뤄낸 큰 성과다.

# 분가를 위한 10년의 노력

결혼이주여성으로서 내가 제일 바라는 것은 첫째 취직하는 것, 둘째 분가하는 것이었다. 첫 번째 것은 능력을 인정받고 가족 살림에도 도움이 되는 것이라고 하면서 남편을 설득하기가 수월한데 두 번째 것은 관철하기가 쉽지 않았다. 시부모님이 아무리 '딸처럼' 대해준다 해도 세대 차이, 문화 차이 때문에 불편하다. 놀라운 것은 남편의 사전에 '분가'라는 단어는 없다는 것이다. 늘 감시당하는 것 같고, 혼인을 하였으니 명백히 어른인데도 아이처럼 취급받고 자유가 없어 숨이 막힐 것 같은데 남편은 내 마음을 전혀 이해하지 못했다.

함께 살면 아이들을 돌봐줘서 좋은 점도 있지만 한편으로는 아이가 할머니에게 의존해 내 말을 무시하게 될 것을 생각하면 차라리 힘들더라도 아이를 오로지 내가 혼자 키우는 것이 낫다고 생각하였다. 시부모님과 같이 살 때 가정 내 중요한 일을 정작 며느리를 제외시키고 본인들끼리 논의하고 결정해버려 소외감을 느꼈기 때문이다. 살다보니 남편의 사전에 왜 '분가'라는 단어가 없었는지 알 것 같았다. 시부모님은 첫째도 딸, 둘째도 딸, 셋째도 딸, 넷째도 딸을 낳았고 맨 마지막에 아들 곧 내 남편을 얻었는데, 아들을 낳기 위해 100일 동안 매일 빠짐없이 절에 가서 기도를 하였던 것이다.

그렇게 귀하게 얻은 아들이었으니 집안에서 맛있고 귀한 음식은 모두 아들의 몫이었다. 딸들의 것과 달리 아들의 도시락엔 계란프라이가 들어갔다. 위의 누나들은 대학을 보낼 형편이 안 돼 4명 다 고등학교까지만 졸업하고 취업을 했지만 누나들은 막내 남동생을 끔찍이 챙겨서 대학에 보냈다. 모든 가족이 자기를 위해 움직이는 것. 남편은 어떤 느낌일까? 행복할까 아니면 부담스러울까?

한 가지 확실한 것은 그렇게 사랑을 듬뿍 받고 자랐기 때문에 남편은 모나지 않고 올바르게 성장할 수 있었다. 그런 가정에서 부모의 모든 기대를 온몸으로 받고 자란 사람인데 부모가 늙어 외로운 나이가 된 시점에서 이제와 따로 나가서 살겠다고 하면 그 아들은 인간도 아니겠지? 못난 놈이겠지. 남편을 못난 놈으로 만들려고 하는 내가 못된

년이겠지. 하지만, 그렇게 보인다 해도, 남편의 입장을 이해한다고 해
도 나는 나의 자유를 포기할 수 없었다.

남편의 사전에 '분가'라는 단어를 추가하기 위해 나는 '울보' 작전
을 펼쳤다. 밖에서 힘들게 일하고 온 남편에게 하루도 빠짐없이 밤마
다 하염없이 눈물을 흘렸다. 부모님은 좋은 분들이지만 함께 사는 것
이 불편하다고 매일 말을 했다. '소귀에 경 읽기'처럼 흘려듣던 남편
은 처음에는 듣는 척도 하지 않았지만 차츰 생각해보는 척을 하기도
하다가 나중에는 이 이유 저 이유를 대기 시작했다. 제일 일리가 있는
것은 따로 살면 돈이 많이 들어간다는 이유였다. 나는 돈이 들어가도
아주 작은 공간이라도 나만의 것이라면 기꺼이 감당하겠다고 했다.

분가에 대한 나의 확고한 의지를 알게 된 남편, 그리고 매일 나의
눈물의 괴롭힘 때문에 힘들어 하던 남편이 드디어 더 이상 견디지 못
하고 분가에 동의했다. 결혼하고 나서 시집살이 10년만에야 되찾는
자유이지만 그건 끊임없는 투쟁으로 얻은 결과였지 그냥 거저 얻은
것이 아니어서 더 값진 것이다. 아쉬운 것은 신혼 시기에 분가를 했어
야 하는데 나는 그런 행운을 누릴 수 있는 팔자는 아니었나 보다.

# 내 꿈과 미래는
# 이 땅 위에

시어머니는 한국 물정을 모르는 나를 살림 잘하는 며느리로 만들려고 애를 쓰셨다. 매일 거실 바닥에 엎드려 가계부를 적는 모습을 보여 주셨다. 한쪽 손은 돋보기를 잡고 한쪽 손은 볼펜을 잡아 그날 장 본 영수증을 하나씩 바닥에 펼쳐 놓고 확인한 후, 가계부에 일일이 적어 넣으셨다. 가정 살림이 넉넉하지 않아 이렇게 적어야 돈을 엉뚱한 데에 쓰지 않고, 한 달에 쓸 수 있는 액수에 맞게 조절할 수 있다고 강조하셨다. 당신의 그 좋은 습관을 며느리인 내가 물려받았으면 하는 것이다.

그러나 그 당시 나의 관심은 그 습관을 물려받는 것 보다 언제 어머니가 남편의 월급을 나에게 넘기는지에 대한 것이었다. 곳간 열쇠를 언제 내게 주시려나? 보통 결혼하면 아내가 남편의 월급을 관리하는 것이 당연한 게 아닐까? 처음에는 내가 한국 돈의 가치를 몰라서 그렇다 치지만 1년, 2년이 지나도 어머니는 넘겨주시지 않았다. 이건 믿음의 문제였다. 아무리 멀리서 온 며느리를 딸처럼 대한다고 해도 경제권을 주시지 않는 것은 부당한 처사라고 속으로 생각했다. 고부간 내적 갈등의 시작이다. 참 답답했다. 한 가정의 사활이 달린 문제니까.

3년 후, 첫 아이를 출산한 후에야 그 아이의 존재로 인해 비로소 나의 시댁에서의 위치가 확실해졌다. 아이를 낳기 전에는 아무리 시부모의 마음을 얻으려고 이것저것 온갖 노력을 해도 아이 출산만 한 게 없는 것 같다. 그동안 공중에 붕 떠 있던 내가 이 땅에 마침내 뿌리를 내리는 것처럼 그제야 진정한 며느리 대접을 받게 된 것이었다. 가계부와 살림도 물려받았다. 하지만 나는 어머니의 수고로움에도 불구하고 가계부는 뜻대로 되지 않았다. 나는 지금도 가계부를 쓰는 습관 따위는 없다.

내가 결혼하던 당시 베트남에서 파견근무 중인 한국 남성과 결혼한 사람은 나뿐만이 아니었다. 나 외에도 몇 명이 더 있었는데 그 중에 아홉째 언니의 친구도 있었다. 한국에 온 후에는 사는 지역이 멀어 떨어져 있다 보니 점점 연락이 뜸해졌다. 나중에야 그 언니가 베트남으로 다시 돌아갔다는 소식을 듣게 되었다. 그 소식을 접하고 나서 나는 강하게 결심했다. 무슨 일이 있어도 끝까지 버틴다고. 환경이 아무리 열악해도 뿌리를 내려 이 땅에서 자리를 잡는다고. 첫 7년 동안은 고향집이 자꾸 눈에 선하지만 그 기간을 견뎌내면 이겨낼 수 있다고 들었다. 그래서 될 수 있으면 베트남을 생각하지 않으려고 노력했다. 내 꿈은 이 땅에 있고 내 미래도 이곳에 있는 것이다.

시집간 여자가 그것도 외국인 남편한테 시집간 여자가 남편을 버리고 돌아간다면 동네에서 부모를 망신시키는 짓이었다. 결혼식 때 온 동네 사람들이 와서 축복해줬고 외국인 남편과 결혼하니 부모가 동네 사람에게 얼마나 자랑스러워했는데, 이제 와서 이혼녀로 돌아간다면 부모가 얼굴을 들지 못할 것이다. 시집가기 전까지 부모님이 길러주신 은혜를 보답해드리지도 못했는데 결혼하고도 부모 속을 썩이는 일은 결코 없어야 한다고 나 자신에게 약속했다. 내 꿈과 미래를 이 땅에 다 맡기기로 했다.

PART
**04**

# 그녀들 역시 대한민국의
# 여성이자 어머니

# 너무도 자연스러운
# 문화적 불평등

남편의 사랑과 시어머니의 관심만으로 타국에서 살아가는 데에 충분할까. 나는 한동안 베트남 사람과 만나 대화하고 싶은 마음이 간절했다. 길거리를 지나다가 베트남 사람 같아 보이면, 지하철 안에서 베트남 말이 얼핏 들리기라도 하면, 겁 없이 다가가 '베트남 사람이에요?'라고 반갑게 말을 걸어보곤 했다. 처음에는 아무리 눈을 부릅뜨고 찾아봐도 베트남 사람이 보이지 않았지만 시간이 지나 요즘에는 동네 시장에 가도 베트남 사람을 쉽게 만나 볼 수 있게 되었다. 국제결혼 유행 덕분일 것이다.

대부분 결혼중개업체를 통해 들어온 그들을 달갑지 않은 시선으로 보는 경향이 있지만 혼자서 외롭게 살아온 나에게는 그들의 존재가 반갑지 않을 수 없다. 그들과 사소한 이야기를 나누면서 외로움을 달래는 날이 점점 많아졌다. 그들의 존재 덕에 나의 불균형한 인간관계는 정상적으로 균형을 잡게 되었다. 내 외로운 마음도 치유가 되었고 그들과의 사소한 대화, 짧은 만남은 나에게 작은 폭포수로 흘러내려 내 외로운 영혼에 위로가 되었다.

남편은 베트남에서 4년이나 살았지만 베트남 말은 간단한 생활 회화 수준이다. 업무를 볼 때는 회사 통역인이 있어 소통하는 데 별 어려움이 없었다. 우리 친척이나 친구들을 만날 때는 베트남어를 제대로 알아듣지 못해 대화가 잘되지 않았다. 그래도 우리 부모님이나 친척들은 남편한테 베트남어를 배우라고 하지 않았다. 베트남 사람과 소통이 잘되지 않아도 베트남어를 빨리 배우라고 남편을 재촉한 사람이 없었다. 베트남어가 육성조라 남편이 발음할 때마다 알아듣지 못해도 베트남 친척에게는 귀엽고 신기하기만 했다. 잘못 발음해도 무시하거나 싫어하는 내색을 하지 않았다. 베트남어를 잘못하면 큰일 난다는 베트남 사람은 없다.

한국 사람들은 한국에 방문한 외국인이 한국어를 하는 것을 보면 신기해하고 재밌어 한다. 다만 이주여성에게는 그 기준이 좀 더 엄격한 것 같다. 잘못 발음하거나 문장을 잘못 말하는 것을 보면 매우 싫어하고 불편해한다. 어쩌면 이주여성의 자격지심일지도 모른다. 한국 사람은 외국인에게 한국어를 빨리 배우라고 재촉하고, 한국어를 잘하는 사람에게 한국 사람이 다 되었다고 칭찬하기도 한다. 이런 차이 때문에 한국에 사는 베트남인은 한국어를 잘하는 사람이 많다. 반대로 베트남에서 사는 한국인은 오랜 기간 살아도 베트남어를 잘하는 사람은 드물다. 물론 베트남인은 한국에서 살아남기 위해 한국어가 절실히 필요했고, 한국인은 베트남에서 베트남어를 잘하지 못해도 잘 살아가니 굳이 배우지 않아도 된다. 원인은 국력과 경제력의 차이에서 비롯되었다고 할 수 있다.

음식도 마찬가지다. 베트남 사람들은 외국인에게 자신들의 전통음식을 강요하지 않고 자신의 전통 음식을 먹지 않는 외국인에게 싫은 기색을 하지 않는다. 그러나 내가 만난 대부분의 한국인은 김치, 고추장, 된장이 최고의 음식이라고 하면서 먹으라고 권유하고, 그 음식을 먹지 않는 외국인을 좋아하지 않는 것 같다.

한국으로 시집 온 결혼이주여성에게 그들의 남편과 시댁 식구들은 친절하게 대해준다. 그러나 될 수 있으면 모국어를 쓰지 않고 한국어를 빨리 배워 말을 잘해야 좋아한다. 본국 음식보다는 김치찌개, 된장찌개를 좋아하고 요리까지 잘하면 금상첨화라며 좋아한다.

# 농담으로 치부되는
# 이주민 비하

내가 한국방송통신대학을 다니던 서른 즈음에 있었던 일이다. 방송대는 주거지에 따라 각 지역에 있는 학습관에서 중간시험을 준비하기 위해, 한 학기당 일주일 정도 출석수업이 진행되는데 나는 남양주시 금곡에 있는 학습관에서 강의를 듣게 되었다. 출석수업이 진행되던 기간 중 어느 날 키가 작고 생기가 넘쳐 보이는 여강사가 강의를 하던 중간에 비웃는 어조로 이런 말을 했다. "베트남 남자들은 체구가 조그맣고 쥐새끼 같이 보인다."라고. 그러자 온 강의실이 웃음바다가 되었다.

그들은 그 자리에 베트남인인 내가 있다는 사실을 몰랐을 것이다.

알았다면 과연 그런 태도로 그런 말을 할 수 있었을까? 나는 모욕감을 느꼈다. 대학의 강사라는 사람이 함부로 한 민족의 대해 야유조로 평가를 하고 혐오를 조장해도 되는 일인지 순간 분노가 치밀었다. 그런 거리낌 없는 혐오 발언이 대학 강사의 입에서 나올 수 있다는 것을 믿을 수가 없었다. 바로 일어나 반박하고 싶은 마음은 굴뚝같았으나 수업 분위기를 망칠 것 같아 꾹 참았다. 중간 휴식 시간에 강사를 찾아가 내가 베트남 사람이라고 소개했더니, 강사는 놀라면서 얼굴 표정이 굳었다. "베트남 남자를 쥐새끼에 비유하는 것이 재미있는지 모르겠지만 베트남 사람 입장에는 매우 상처가 되는 말이고, 더욱이 강의 중에 그런 말을 하면 학생들에게 편견을 심어주는 말이니, 앞으로 그런 말은 삼가셨으면 좋겠다."고 정중하게 항의했다. 강사는 바로 자기 잘못을 알아차리고 사과를 했다. 하도 충격을 받은 일이라 오랜 시간이 지난 지금도 잊을 수가 없다. 사과를 받아도 마음의 상처 자국은 없어지지 않았다.

대학 졸업 후, 대학원을 다니며 배운 것을 실습하기 위해 구리 이주민센터에 취직했다. 이 센터는 천주교가 운영하는 곳이라 센터장이 신부님이다. 인도, 필리핀, 러시아, 인도네시아 등 여러 나라 출신 수녀님들이 계시고 일요일마다 온 센터가 미사를 본다. 불교를 믿는 내가 처음으로 미사에 참석하게 되니 너무 신기했고 신부님이 매번 드시는 성찬 전병은 어떤 맛인지 궁금했다. 아무도 가톨릭 신자가 아닌 나에게 미사 참여를 강요하지 않았다. 하지만 센터에서 일하는 직원으로서 참석하지 않으면 안 될 것 같은 묵시적인 분위기였다. 내가 함께하면 다들 기뻐하기도 했고 다들 미사를 드리는데 나 혼자 뻘쭘하게 있는 것도 못할 일이었다. 나중에 다른 이주활동가들과의 만남이 많아지면서 종교에 속한 이주민 단체들이 직원들의 종교행사 참석을 암묵적으로 강요하는 일은 잘못된 일이라는 것을 알게 되었다.

이 센터에 계시는 러시아 수녀님의 끝내주는 빵 솜씨 덕에 나는 센터를 다니는 동안 몸무게가 몇 킬로그램이 늘었다. 언제나 얼굴에 웃음이 떠나지 않는 필리핀 수녀님은 생기가 발랄한 분이었다. 영어에 능통할 뿐만 아니라 다양한 레크리에이션을 잘 이끄는 재주가 있었다. 그녀는 필리핀 공동체의 정신적 지주였다. 인도네시아 수녀님은 동티모르 선원들을 통역해주고 그들의 권리 보호를 위해 애썼다. 신부님이 수녀님들의 존경과 사랑을 듬뿍 받는 모습은 마치 꽃잎이 에워싸고 받쳐주는 꽃술을 연상케 했다. 깨끗하고 향긋한 꽃 말이다. 그 꽃향기가 방황하고 갈피를 잡지 못한 내 마음을 진정시키고 앞으로 나아갈 사회 활동의 방향을 이끌어주었다. 보통의 부모님들은 자녀에게 사회에서 이용당하지 않도록 조심하라고 가르친다. 하지만 신부님은 내게 자신을 '이용'하라고 말씀하셨다. 그 가르침은 지금까지도 내가 다른 사람들에게 활용되어 도움을 줄 수 있는 일을 하고자 하는 원동력이 되고 있다.

# 그녀들을 바라보는
# 차가운 시선

결혼중개업체를 통해 한국에 온 사람들에 대해 매매혼이라고 하며 돈 때문에 결혼한다고 손가락질한다. 그러나 그들은 용감한 여성들이다. 나라를 위해, 가족을 위해 그리고 본인을 위해 운명을 개척하는 위대한 여성들이라고 나는 생각한다. 한국에서도 일제 강점기 때, 한국 여성들이 '사진신부'로 하와이로 시집을 갔던 역사가 있다. 나라가 가난하고 아무리 평생 몸부림쳐도 가난을 벗어날 길이 없다면 사람은 누구든 더 좋은 삶을 꿈꾸기 마련이다.

베트남 맞선현장을 직접 참관했다는 이주여성긴급전화 최진영 전 상담팀장이 베트남에서 본 맞선 과정을 이야기하며 목이 메어 말을 잇지 못했던 모습을 잊을 수 없다. 아마도 남성의 선택을 일방적으로 받아들여야 하는 여성에 대한 연민이었던 것 같다. 여성들이 자존심을 버리고 자기보다 나이가 대부분 15살 이상 차이 나는 남성으로부터 그렇게 간택을 받는 것이다. 이러한 일은 겉으로 보기에는 여성 자신이 선택한 것 같지만 이는 사회가 그들에게 강요한 선택이라는 것이다. 사회적 구조가 그들로 하여금 그런 선택할 수밖에 없게 만들었다고.

최 전 팀장은 여성의 자존심을 뭉개는 이런 식의 국제결혼을 반대하고 사회적 경제적 구조 때문에 점점 급증하는 국제결혼의 면모를 정확히 바라보아야 한다고 말했다. 그리고 법적, 정책적 해결책을 강구하고 무엇보다 어떻게 하면 결혼이주여성들에게 상처를 덜 받게 할 것인지에 대해 집중해야 한다고 주장했다. 그분은 사실 내가 사회 운동을 시작할 때 알게 된 첫 번째 선생님이다. 결혼이주여성을 평등하게 바라보는 시각과 국제결혼을 올바르게 바라보는 눈을 나에게 선사했다. 그분은 결혼이주여성을 만날 때 빠르게 말하면 못 알아들을까 봐 천천히 또박또박 이야기를 이어간다. 아낌없는 격려와 함께 결혼이주여성 스스로 깨닫도록 지혜를 일러주면서 성 평등 인식을 일깨워준 페미니스트이다. 타국에서 모든 면에서 불리한 우리 결혼이주여성들에게는 진정한 친정엄마 같은 분이다.

국제결혼이 급증하면서 한국 남성과 베트남 여성으로 구성된 가족들이 많아지기 시작했다. 그 무렵, 한국 남편들이 정보를 교환하기 위해 인터넷에서 카페를 만들고 활동했다. 우리 부부도 초대받았고, 카페의 운영진으로 활동하게 되었다. '한베 가족모임'에는 한국 남편들이 주도적으로 한국어로 정보를 주고받았으나, 베트남 아내들은 한국어를 대부분 알지 못하여 활동하지 못했다. 그러다 보니 부부로 생활을 하면서도 언어의 차이 때문에 의사소통이 원만하지 못하고 마음에 답답함을 느낀 한국 남편들이 도움을 요청해왔다. 그래서 나는 카페에서 번역 코너를 만들었다.

매일 한국 남편이 아내에게 전달하고 싶어 하는 편지를 올렸고, 나는 그 편지를 베트남어로 번역해 카페에 올렸다. 번역된 편지를 읽은 베트남 아내가 베트남어로 남편한테 답장을 올리면, 내가 한국어로 번역해서 다시 올렸다. 그렇게 한베 부부의 마음이 잘 통하도록 돕는 활동을 약 1년 반 정도 했다. 국제결혼 급증하면서 카페 이용 회원이 점점 많아지면서 부부간 갈등 문제도 많아졌다. 카페 이용 회원에게 전화로 통역도 해주었지만, 통번역만으로 문제를 해결하기에는 역부족이었다.

나는 그들을 적극 돕고 싶었다. 그러나 나의 한계가 느껴지기 시작했다. 베트남 여성들은 법적인 문제에 대해서 나에게 물어봤지만 나의 무지함은 그들을 돕지 못했던 것이다. 이혼을 당해 강제출국을 하게 된 몇몇의 경우가 있었는데 나는 그들을 보호하지 못하고, 그냥 힘없이 지켜봐야만 했다. 속수무책이었다. 나중에 수소문을 통해 한국이주여성인권센터와 연결이 되어 가족 갈등 상담을 받을 수 있도록 해주었다. 이런 일들을 겪으면서 앞으로 결혼이주여성을 도우려면 법을 잘 알아야 한다는 것을 깨달았다. 이는 내가 법학과의 문을 두드리게 된 계기가 되었다.

# 베트남 유학생 대상
# 농촌 총각 장가보내기

2021년 5월경 문경시의 농촌 총각과 베트남 유학생의 결혼을 추진하는 것이 문제가 되었다. 어느 날 페이스북을 통해 올라온 게시글에 문경시가 문경시에 사는 농촌 총각과 베트남 유학생의 만남을 주선해 장가보내기를 추진하니 베트남 유학생 모집 협조를 요청하는 내용이었다. 만약 결혼하게 되면 출산장려금, 임산부 및 영유아 지원, 보육료 지원, 양육수당 지원 등 각 항목에 시간에 따라 구체적인 금액이 적혀있었다. 그동안 여러 지방자치단체가 농촌 인구 절벽 문제를 해결하기 위해 국제결혼을 통해 농촌 총각 장가보내기 사업을 해왔는데, 사회적 비난과 인권 문제로 점점 줄어가는 추세였다. 그런데 문경시는 코로나로 해외 출국이 막혀 국제결혼 추진이 어려워지자 이미 국내에 체류하고 있는 베트남 유학생을 대상으로 농촌 총각 장가보내기를 추진하는 것이었다.

나는 베트남 유학생이 한국 거주와 금전적 보상을 위해 농촌 총각과 결혼할 것이라는 발상에 경악을 금치 못했다. 베트남 유학생을 특정하여 사업대상으로 삼은 것은 베트남 여성이 농촌에서 노총각과 결혼하여 애를 낳고 사는 것을 기꺼이 받아들일 것이라는 편견을 드러내는 것이다. 이런 문제의식으로 나는 이주여성인권센터에 이 문제를 제보하고 대책을 논의했다. 이주여성인권센터는 문경시에 사실을 확인하고 국가인권위원회에 진정서를 제출했다. 진정서를 제출하는 날 기자회견도 했는데 내가 섭외한 베트남 유학생 2명이 참여해 규탄 발언을 했다. 그러나 이 사건이 베트남 결혼이주여성들에게 알려지면서 엉뚱한 방향으로 흘러가기 시작했다.

베트남 결혼이주여성들은 각종 SNS를 통해 이 유학생들을 비난했다. 유학생들이 농촌 총각과 결혼한 여성들을 애 낳는 기계로 비하했다고 오해한 여성들이 화가 난 것이다. 나에게도 같은 결혼이주여성이면서 유학생 편을 들어 결혼이주여성을 무시했다며 항의가 빗발쳤다. 나는 의도하지 않았던 상황에 당황할 수밖에 없었다. 평소에도 편견에 시달리던 결혼이주여성들은 유학생들이 농촌 국제결혼 자체를 비난하고 자신들을 애 낳는 기계로 표현했다고 오해한 것이다. 나는 이들의 항의가 정당하다고 생각했다. 그리고 그들의 입장을 신중하게 생각하지 못한 것이 미안했다.

나는 페이스북을 통해 정중하게 사과하고 오해를 풀도록 진의를 설명함으로써 진정될 수 있었다. 그리고 여론 악화와 인권위 진정으로 문경시가 실제 사업을 추진하지 못해 진정은 기각되었고 국가인권위는 "농촌 지역의 국제결혼은 한국 남성의 '정상가족' 구성을 위한 가부장적 틀에서 이행됐고, 베트남 여성을 '순종적이고 순결하다, 생활력이 강하다'는 등의 이미지로 미화했던 측면을 부인할 수 없다."며 "성별과 국적 등 다양한 지위에 있는 베트남 유학생이 학생 신분이라는 것과 상관없이 오로지 농촌 남성의 결혼 상대방으로만 상정한 것은 베트남 여성이 성별화된 역할을 수행하기에 적합하다는 편견을 함의하고 있다."는 의견을 냈다.

# 결혼이주여성의
# 무거운 어깨

　베트남도 한국처럼 여자가 결혼을 하면 그때부터 시집의 사람이 되고 더 이상 친정에 속하지 않으며 시집 식구들에게 책임과 의무를 다해야 한다. 친정에 대해서는 책임과 의무를 지지 않는다. 부잣집에 시집가서 잘 사는 경우, 효심이 지극한 딸이 친정집을 챙겨주는 경우도 있지만 반드시 그렇게 해야 할 의무는 없다. 그러나 대만, 한국 등 외국으로 시집간 베트남 여성들은 베트남의 친정에 돈을 부쳐주는 것이 이제는 관행이 되었다. 그 돈은 자신들이 먼 땅의 낯선 사람과 결혼해 살아가면서 부딪치는 온갖 위험을 무릅쓰는 대가인 것이다. 가난 때문에 본인과 가족이 이웃들에게 무시당하는 상황을 벗어던지고 자신을 희생해서 얻어내는 성과가 바로 그것이 아닌가 싶다.

한편, 막상 한국에 오면 남편과 시댁 식구들은 결혼이주여성이 친정집에 신경 그만 쓰고 한국 생활과 아이의 미래에 집중했으면 하는 바람을 가진다. 그렇지만 그건 모르는 소리다. 친정엄마와 통화하면서 동생의 대학 등록금이 없다고, 집 지붕에서 비가 샌다고, 동생이 오토바이를 타다가 사고가 났다고, 그래서 돈이 필요하다는 얘기를 듣게 되면 외국에 시집온 딸로서 거절할 수가 없다. 핏줄은 모른 척하기 쉽지 않다. 그래서 결혼이주여성은 한국에서 양 어깨에 무거운 책임을 지고 힘들게 살아간다. 운이 좋으면 이해심이 좋은 남편과 시댁 식구를 만나 자신이 처해 있는 처지를 이해해주고 기다려주지만 그렇지 못하는 경우에는 이 문제 때문에 점점 갈등이 커지거나 심한 경우 이혼하는 일까지 벌어진다.

나도 시집간 딸은 친정부모를 부양하지 않는다고 배웠고 그렇게 생각하면서 자랐다. 우리 집에는 일을 열심히 한 딸들보다 평상시 일도 하지 않고 집안에 기여가 없는 아들들에게 재산을 더 많이 주었다. 아들이 부모를 부양할 책임과 조상을 모시고 제사를 지내는 사람이라고 생각하기 때문이다. 한국에 시집와서 나는 어쩌다 한 번씩 부모님께 용돈을 보내드렸다. 다행스러운 것은 부모님이 그동안 부지런히 일해서 모아 둔 돈이 있어 내가 보내드리지 않아도 노후를 챙길 수 있다는 것이었다.

시댁에 의존하지 않고 자기 힘으로 번 돈을 적당한 수준으로 친정에 보낸다면 나쁠 것도 없다. 중요한 것은 본인이 어디에도 의존하지 않고 자기 주체적으로 살아가는 것이다. 최근 우리 센터를 갑자기 방문해 본인 이야기를 털어놓은 여성의 경우는 한국에서 10년간 살아오는 동안 취직해서 돈을 벌어본 적이 없다고 했다. 시부모와 함께 사는데 부동산 임대업을 하는 시어머니는 이 여성에게 집에서 살림만 하라고 하면서 취직을 하면 모든 경제적 지원을 끊어버리겠다고 했다는 것이다.

시어머니는 손자 2명의 학비를 내주고 또 생활비로 50만 원을 보조해준다. 며느리가 돈 벌러 밖에 나갔다가 남자 친구가 생겨 아이들을 버리고 도망칠까봐서 이렇게 한다고 했다. 며느리한테는 "나를 배신하지 마, 나를 배신하면 안 돼!"라는 말을 자주하며 확인을 한다. 아들한테는 "내가 없으면 살 수 있어?"라고 무슨 주문처럼 묻고, 그럴 때마다 아들은 자동적으로 머리를 흔들며 "엄마가 없으면 못살아."라고 한다. 아들한테 의사를 확인한 다음에는 며느리한테 똑같이 말할 차례다. 당연한 것처럼 "못 살아요."라는 답변을 받아야만 그때부터 시어머님이 안심한단다.

지금까지 시어머니는 매년 두 번, 50만 원씩 며느리의 친정에 돈을 보내주었다. 해마다 100만 원을 지원해주는 것인데, 물론 대단히 고맙지만 한편으로는 부담스럽다. 자기가 일을 해서 버는 돈으로 엄마한 테 보내주고 싶다고 한다. 시어머니한테 의존하는 삶을 원하지는 않았던 것이다. 그러나 10년이나 누군가에게 의존하면서 살아온 여성으로서 그 꿈을 언제, 어떻게 이룰 수 있을까? 그녀에게 용기가 생기기를 바랄뿐이다.

어떤 여성은 결혼 전에는 친정에서 찬밥 신세였는데 결혼 후 친정집 생활비를 책임지기 시작한 후 위치가 완전히 상승되고 말에도 무게가 실려 모든 일을 결정하는 결정권자가 되었다고 한다. 시집간 딸이 돈을 부모에게 부쳐주는 것이 좋은지 나쁜지에 대한 정답은 없다. 각자의 상황에 따라 능력이 되는대로 하면 되는 것이다. 다만 친정의 무리한 요구에 휘둘리느라 본인의 결혼 생활에 소홀하면 안 된다.

# 폭력을 견디는 아내,
# 권리를 빼앗긴 엄마

　로안 씨는 7살짜리 딸아이가 있다. 그녀는 한국어를 잘 못한다. 그리고 내가 하는 말도 한 번에 잘 파악하지 못했다. 베트남어로 했는데도 말이다. 지하철역 이름을 알려주면서 4번 출구에서 6시에 만나자고 여러 번 메시지를 보냈지만 나중에 다시 연락을 해서는 무슨 역이냐고 되물었다. 그때는 내가 약속 장소에 도착한 지 이미 한 시간이나 지났었고 그녀에게 도착했다고 또다시 말했지만 그녀는 코빼기도 보이지 않았다. '10분만 더 기다려도 오지 않으면 집에 가겠다.'고 말했더니 그녀는 울음이 터뜨렸다. 다급한 목소리로 제발 기다려달라고.

　그녀의 남편은 아내를 폭행한 것 때문에 사회봉사명령을 받았는데 아직 봉사시간을 다 채우지 못한 상태이다. 그런데 이번에 또 신고를 하면 남편이 크게 벌을 받을까봐 그냥 넘어가려고 했다. 그리고 딸과 함께 한집에서 살 수만 있다면 지금까지 참아온 것처럼 계속 참으려고 했다. 그랬던 그녀가 남편한테 주먹으로 수차례 얻어맞아 고막이 터지고 머리를 다쳐 병원에서 검사를 받게 되면서부터 마음을 바꾸었다. 병원비를 계산할 때 남편이 준 카드를 사용했더니 남편은 돈이 많이 든다며 더 이상 쓰지 못하도록 카드를 해지해버렸다. 그녀는 자신의 몸에 생긴 멍들이 어떤 게 새로운 멍이고 어떤 게 지난 번 멍인지 헷갈릴 정도로 만들어 놓고도 반성할 기색 없이 돈만 걱정하는 남편을 보고 이 남자와 함께 살면 희망이 보이지 않겠다고 생각하게 된 모양이다.

그녀는 병원 치료가 끝나고 곧장 경찰서에 들러 신고했다. 큰 결단을 내린 그녀의 머릿속에는 끊임없이 '어떻게 하면 딸과 계속 살 수 있을까?'라는 생각밖에 없었고 그래서 다른 이야기를 해도 잘 알아듣지 못했다. 오직 아이를 남편한테 빼앗기지 않는 방법을 찾는데 몰두해 있기 때문이었다. 변호사와 만나는 자리에서도 그 문제에만 관심을 보였다. 얼마 후 그녀의 소식을 들었다. 아이의 장래를 생각해 볼 때 아이 아빠가 전과자가 되도록 방치할 수 없었기에 고소를 취하하였다는 것이다. 또한 아이가 학교에 갈 나이가 되었으므로 그녀는 어쩔 수 없이 상습 폭력을 일삼는 남편 곁으로 다시 돌아갔다는 것이다.

모두 아이와 헤어지지 않기 위한 일이었다.

마이 씨는 어느 겨울밤에 맨발로 부천의 한 파출소로 뛰어든 아주 젊은 여성이었다. 내가 그녀를 잊지 못하는 것은 그녀의 애틋한 마음 때문이다. 그녀는 나를 찾아와 울면서 아이를 보고 싶다고 말했다. "아기가 눈에 밟혀서 밤에 잠을 잘 수가 없어요."라고. 나는 그녀의 절망적인 눈빛을 지금도 잊을 수 없다. 품에 안고 젖을 먹여야 하는 갓난아기가 있는데 갑자기 아이를 못 만나게 되면 어떤 마음일까? 그 고통은 당해 보지 않아도 헤아릴 수 있을 것 같다. 집밖에서 "제발 문을 열어주세요."라고 아무리 소리 질러도 끝까지 문을 열어주지 않는 시아버지가 얼마나 원망스러웠을까? 그렇게 하도록 내버려 둔 남편은 또 얼마나 못난 사람일까? 하긴 그녀에게는 남편이 있어도 있으나마나다. 남편은 평상시 집에서 아무 의견이 없다. 집안일은 모두 다 시부모가 결정한다. 남편은 매일 어떤 약을 먹곤 하는데 무슨 약인지 알 수가 없다. 저녁이 되면 집밖 뒷동산에 가서 혼자 웃곤 한다. 좀 이상하다는 생각이 들지만 그녀는 남편을 사랑한다. 지금까지 나쁜 짓을 하지 않았고 착하니까.

그 대신 시아버지가 의심증이 있는 것 같다. 자기 아내한테 의처증이 있는 게 아니라 며느리한테 의심증이 발동한다. 아마 아들이 며느리를 지키지 못할 거라고 생각해서 그런 모양이다. 마이 씨는 일하러

나가거나 누구를 만날 때 시아버지의 감시를 벗어날 수 없다. 집 근처에 있는 직장에 다니는 그녀는 6시가 되면 곧장 집으로 가야만 한다. 어디에 들러도 안 되고 늦어도 안 된다. 몇 분이라도 늦으면 그녀가 거실에 발을 들여놓기도 전에 시아버지 옆에 있는 물건들이 손에 닿는 대로 그녀 쪽으로 날아온다. 전날 밤에 경찰관과 함께 집에 가서 문을 열어달라고 해도 열어주지 않던 시아버지가 다음 날 아침에 문을 열어주었다. 그리고 짐을 챙겨 빨리 나가라고 했다. 그녀는 계속 쫓아내는 시아버지가 너무 무서워 장롱에 있던 여행 가방을 열어보지도 못하고 그냥 끌어안고 나왔다. 나중에 친구 집에서 가방을 열어봤더니 그녀의 전 재산인 옷 몇 벌과 손가방 2개가 난도질되어 더 이상 쓸 수 없는 상태로 들어 있었다.

그녀는 그냥 땅바닥에 털썩 주저앉아 울부짖었다. 가문의 대를 잇기 위해 외국 며느리를 데려온 시부모의 계획을 한국에 와서야 알게 되었지만 그래도 이렇게까지 야박할 줄은 몰랐다. 이렇게 빨리 쫓겨날 줄은 미처 몰랐다. 나중에 아이가 더 크면 엄마와 헤어지기 힘들까봐 자기들의 소중한 손자를 생각해서 일찌감치 떼어내는 것일까? 마이 씨가 그토록 바랐지만 아이와 함께 사는 건 이루지 못했다. 연약하고 힘이 없는 그녀가 어떻게, 무슨 힘으로 시부모를 이길 수 있겠는가. 머물 곳이 없어 일단 원룸이라도 얻는 게 급한 상황이었다. 한국어를 잘하지 못해 좋은 일자리를 얻을 수도 없다. 그녀는 아이를 낳기 전에 다니던 닭 가공 공장에 다시 다니기로 했다. 열심히 일해도 최저 임금 밖에 받을 수 없고 월세를 내고 생활비에 쓰고 나면 남는 것도 거의 없다. 아이를 키우려면 아이에게 좋은 환경을 제공할 수 있어야 하는데 그녀는 할 수 없다. 역부족이다. 싸우기 전에 이미 진 판이었다.

엄마로서 제대로 살아가고 싶어도 상황이 허락해주지 않았다. 밤마다 쏟아지는 아이를 향한 그리움을 그녀는 어떻게 감당할 수 있을까? 그날 밤처럼 또 그 집 문을 두드리면서 애원할 것인가? 아니면 낮에 집 밖에서 몰래 훔쳐보고 마음을 달래볼 것인가? 지금까지 흘린 그녀의 눈물이 그녀의 마음을 치유해주기를. 지금까지 이 땅에서 그녀와 같은 처지에 있는, 아이를 마음껏 안아보고 싶을 때 안을 수 없는, 엄마의 권리를 빼앗긴, 모든 외로운 엄마들에게 아낌없는 위로를.

# 불합리한 비자발급 제도

잊을 만하면 터져 나오는 결혼이주여성에 대한 가정 내 폭력은 나를 늘 아프고 슬프게 한다. 최근, 유튜브에서 우연히 내가 2019년에 결혼이주여성의 가정폭력에 대해 발언한 영상을 보게 됐다. 몇 년이 지났지만 동영상을 보니 어제 일인 것처럼 그날의 기억이 생생하다. 그날 우리는 '이주여성권리 보장! 인종차별 아웃!'라는 현수막을 들고 과천에 있는 법무부 앞에서 기자회견을 했다. 베트남 결혼이주여성이 한국 남편한테 무자비하게 폭행당한 영상이 온라인에서 공개된 지 10일이 된 날이었다. 베트남 여성은 갈비뼈 세 개가 부러지고 온몸이 멍들었다. 결혼이주여성이 폭력을 당했다는 소식을 잠잠해질 만하면 또다시 접하게 되는 그런 반복적인 상황에서 우리 결혼이주여성들은 가만히 지켜볼 수 없어 목소리를 내야만 했다.

그날, 하늘이 우리의 마음을 알아차린 듯 오전부터 슬프게 눈물을 흘렸다. 하늘의 눈물로도 비옷을 입고 참석한 우리의 마음에서 치솟는 울분을 삭히지 못했다. 베트남 여성을 대표해 발언하기로 했던 친구가 갑자기 불참하게 되어 노동청에 다녀오느라 뒤늦게 참석한 내가 준비 없이 발언대에 올라야 했다. 지금 다시 영상을 보니 평소에 내가 결혼이주여성을 상담하면서 알게 된 그들의 처지와 생각, 어려움, 억울함을 소리를 지르면서 한국어로 쏟아낸 나의 모습은 '참 최선을 다했다.'라는 생각이 들고 내 자신이 스스로 마음에 든다. 그리고 내가 한국어와 법을 배운 고생이 헛되지 않고 이런 때에 활용하게 되는 것이 참 유의미한 것이라는 생각까지 든다.

그 당시 베트남 여성이 폭행을 당한 원인이 근본적으로 가정 내에서 남편에게 종속되어 있고 이를 가능하게 하는 불합리한 결혼이주여성 비자발급제도에 있고 폭력을 견디다 못해 집을 나갈 수 밖에 없어도 입증 책임은 이주여성이 져야 하는 답답한 현실, 이게 어떻게 결혼이주여성의 책임이냐고 동영상속의 나는 울부짖고 있었다.

"결혼이주여성은 한국어도 못하고 한국법도 모르고 한국 사정도 모르는데 어떻게 한국 남편이 폭행했다고 입증할 수 있습니까? 경찰에 신고하면 경찰이 가정사라고 입건을 안 해줘요. 입건한다 해도 송치 안 합니다. 결혼이주여성이 병원에 가서 진단서를 떼는데 상해진 단서를 떼야 되는데 폭행건이잖아요? 근데 모릅니다. 알 수 없어요, 결혼이주여성은. 그냥 일반 진단서를 뗍니다. 그건 증거가 안 됩니다. 그리고 폭행당하는데 남편은 부정하면 그만이에요. 증인이 있어야 되는데 법원에서 증인 2명을 데려오래요. 증인 2명을 데려오는데 남편이 협박하면 증인을 안 서줘요. 그리고 대부분 증인은 한국 사람이거든요. 누가 이주여성을 위해 증인을 서주겠습니까? 그래서 입증하는 건 불가능합니다. 근데 입증 책임은 왜 결혼이주여성에게 주어집니까? 그래서 출입국관리법을 개정해서 이 현실, 귀책사유 입증 책임은 한국 남편에게 주어 져야 합니다."라고 흥분한 목소리로 준비 없이 말을 이어갔다.

이런 내용이 자연스럽게 내 입에서 흘러나오는 것은 평상시에 내가 고민해왔던 것이기 때문이다. 결혼이주여성이 남편한테 폭행당해도 체류 연장하기 위해 남편의 신원보증이 있어야 하기 때문에, 어쩔 수 없이 참아야 하는 불합리한 문제에 대해 알려지자, 결혼이주민 체류 기간 연장 신청 시 배우자의 신원보증 요구 조항은 2011년 폐지되었으나, 비자 신청 시 남편과 같이 가야 하고, 만일 결혼이주여성이 혼자 비자를 신청하러 가면 남편에게 전화를 해서 확인하는 등 실제로는 여전히 남편에게 종속되도록 한다.

공동체 활동을 하면서 결혼이주여성들이 가정폭력으로 사망하는 안타까운 소식을 끊임없이 접한다. 이전 일이 잊히기도 전에 계속되는 사건들에 쌓여 왔던 분노가 폭발한다. 특히 사망한 결혼이주여성 중에 베트남 결혼이주여성이 비교적 많다는 것이 공동체 대표로서 마음이 너무 아프고 무겁다. 소식을 접할 때마다 울고 또 울고 절망적인 심정이다.

2011년에 가정폭력으로 사망한 7명 결혼이주여성의 추모제에 참석해 발언했던 일, 2014년 12월 30일 오후 5시에 대한문 앞에서 한국이주여성인권센터 등 40개 단체와 함께 억울하게 사망한 결혼이주여성을 위한 추모제를 개최한 것도 생각이 난다. 2014년 한 해만 해도 7명의 이주여성이 살해당했는데 그 중 5명은 남편의 의해 살해당했다. 국적을 보면 베트남 여성 4명, 캄보디아 여성 1명이다. 그날에는 베트남 공동체 대표로서 한국이주여성인권센터 한국염 대표와 함께 성명서 낭독을 했다. '우리는 살해당하러 오지 않았다.'라는 주제를 내걸고 절규했다.

지금 생각해 보면 우리 결혼이주여성 곁에 늘 한국이주여성인권센터가 있었다. 결혼이주여성의 눈물을 닦아주는 너무나 고마운 분들이다. 그들 덕분에 우리도 함께 용기를 내어 필요할 때마다 목소리를 낼 수 있었다. 결혼이주여성이 폭행당하고 살해당한 사건이 불거질 때마다, 우리 결혼이주여성들이 집회를 하고 목소리를 내서 사회적 관심이 뜨거워질 때마다, 정부는 개선책을 내놓는다. 하지만 현재로서는 상황이 크게 달라지지 않았다. 특히 2019년에 폭행 영상이 온라인에 확산되어 사회적 관심이 뜨거워진 당시에, 법무부가 개선방안을 모색하기 위해 간담회를 열어 베트남 대사관과 베트남 교민회장을 비롯한 여러 나라 공동체 대표, 국가인권위원회를 초대해 의견을 듣는 시간을 가졌다.

나는 한 번은 베트남 교민회장으로서 베트남 대사관과 국가인권위원회와, 한 번은 각국 대표와 인권단체들과 함께 법무부에서 면담 시간을 가졌다. 그날 울면서 내가 알고 있는 사례 하나 하나를 말하던 모습이 기억난다. 그리고 감정이 격해 흥분한 목소리로 말하기도 하고 마음이 아파 울먹이며 말하는 나의 모습에 베트남 대사관에서 온 서기관의 놀라는 모습도 기억난다.

얼마 후, 이주여성상담센터에서 마련한 법무부와 여성가족부의 '결혼이민제도 개선안'에 대한 발표 간담회도 참석했다. 역시 내가 바라는 개선방안 만큼은 나오지 않았고 한참 미흡했지만 그 당시에는 그게 최선이라는 것을 알았고 받아들여야만 했다. 개선안은 듣기에는 좋은 소리 같지만 결과적으로 여전히 법이 아닌 법무부의 재량에 따른다는 것이었다. 그나마 개선방안 중 하나인 「외국인 체류 옴부즈만」 제도는 이혼조정, 협의 이혼 등의 경우에 귀책사유가 불분명할 경우 책임소재를 판별하는 데 조력을 제공하는 제도로 2019년 하반기에 시행예정이라고 했지만 몇 년이 지난 지금까지 이 제도가 있는지 아는 결혼이주여성이 없다. 폭행 사건이 불거질 때만 정부는 대안을 내놓고 가라앉으면 그만이다. 근본적으로 달라진 게 없다.

내가 결혼이주여성의 비자연장 때문에 가정폭력을 벗어나지 못한 문제에 대해 많은 고민해오던 중, '2019년 서울 인권 컨퍼런스'에 에카테리나 포포바 서울외국인명예시장의 요청으로 참여하게 되었다. 그해에는 결혼이주여성이 남편에게 무자비하게 폭행당한 영상이 7월에 공개된 후 사회적 관심이 가시기 전인 11월에 경기도 양주시에서 베트남 결혼이주여성이 한국 남편의 의해 사망하는 사건이 발생했다. 한국이주여성인권센터의 집계에 따르면 가정폭력으로 사망한 결혼이주여성은 2007년부터 2017년까지 21명이나 된다. 또한 2017년 국가인권위원회의 가정폭력 실태조사에 따르면 42.1%의 결혼이주여성이 가정폭력을 경험했다고 한다. 약 30만 명의 결혼이주여성 중 절반 가까이는 가정폭력을 현재도 겪고 있다고 볼 수 있으며 이는 사회적으로 큰 문제이다. 그래서 나는 이 문제를 주제로 선정해, 토론하고 해결방안을 모색하자고 제안을 했다. 컨퍼런스 준비 위원들이 바로 흔쾌히 찬성해줬다. 처음에 외국인 명예 시장님의 보조 역할을 하려고 참여했는데 어쩌다보니 사회자 역할까지 맡게 되었다. 우리는

2019 서울 인권 컨퍼런스 일반세션3에서 '결혼이주여성 가정폭력 원인 및 대응방안 모색'이라는 주제로 서울 시청에서 2019년 12월 6일 오후에 토론회를 개최했다.

컨퍼런스에서 외국의 제도를 알기 위해, 미국변호사인 남수경 변호사를 초대해, 미국의 이주여성의 '자기구제청구권' 제도에 대해 발제를 부탁했고 고맙게도 흔쾌히 수락해줬다. 자기구제청구권 제도의 두 가지 중요한 포인트가 나에게 깊은 인상 남겼다. 첫 번째는 가정폭력을 단순히 육체적, 물리적 폭력뿐 아니라 경제적, 심리적 등 다양한 형태의 폭력으로 넓게 인정한다는 것이고 두 번째는 비밀을 보장함으로써 폭력 피해를 당한 여성이 이혼을 하지 않더라도 남편의 도움 없이 체류문제를 해결할 수 있다는 점이다. 결혼이주여성의 가정폭력 문제를 다 해결하지 못해도 적어도 체류문제로 남편에게 종속되어 폭력당해도 벗어나지 못하는 이주여성을 구제할 수 있는 방안이라고 생각하고 이 제도를 알게 돼서 너무 기쁘고 알려준 남 변호사님께 감사한 마음이다. 이 제도를 한국에 하루 빨리 도입해 이주여성의 권리를 지켜줄 날을 고대한다.

# 엄마의 말로 아이와
# 이야기하고 싶은 소망

　　오래전 숙명여자대학교 아시아여성연구소에서 주최한 모국어로 쓰는 '나의 서울살이' 공모전에 '언제 우리 아이들이 나의 말을 할 수 있을까?'라는 제목으로 참여한 적이 있다. 글의 끝부분에 나는 '한국으로 결혼해 온 베트남 여성들이 제 글을 보았으면 좋겠습니다. 저는 그들에게 아무리 남편과 시부모님이 아이에게 베트남어를 가르치는 것을 말리고 한국사회가 베트남 문화를 무시한다 해도 아이들에게 베트남어를 가르치라고 말하고 싶습니다. 아이들이 처음 태어났을 때, 엄마의 부드럽고 정다운 목소리를 듣게 되면 마음이 따뜻해지고 정서

---

\* 이 책의 끝부분에 부록으로 실었다.

적으로 안정된다고 합니다. 어설픈 한국어로 아이에게 말하지 말고 엄마의 사랑이 가득찬 모국어로 마음껏 전달해야 우리의 아이들이 나중에 한국과 베트남의 중요한 다리 역할을 할 보배가 될 수 있기 때문입니다.'라고 적었다.

나의 글은 당시에 우수상을 받았지만 최우수상을 받은 글보다 더 사회적으로 이슈가 되었다. 언론에 소개가 많이 되기도 하고 다문화 가족 아이들의 이중 언어 문제에 대한 사회적 관심을 불러일으키는 계기가 되었다. 그 뒤 정부의 정책으로 이중 언어 강사가 양성되어 여러 학교에 배치되었고 다문화가정과 엄마 나라의 문화와 언어에 대한 인식개선 프로그램이 만들어졌다. 그 후 많은 시간이 지났지만 아직도 역부족이다. 아이들과 자신의 말로 이야기하고픈 엄마들의 소원은 멀기만 하다. 그래서 엄마들이 스스로 나서기로 했다.

지금 다시 그 글을 읽어 봐도 그때 답답했던 내 마음이 떠오른다. 이제 우리 아이들은 이중 언어 교육을 받기에는 너무 커버렸다. 우리 아이들이 베트남어를 배운다면 그저 다른 외국어처럼 배워야 한다. 엄마의 말이 아닌 외국어로 배워야 한다. 큰아이가 어릴 때 베트남어를 가르치려고 시도한 적이 있었다. 배울 필요성을 못 느끼는 아이에게 강요를 하다 보니 아이에게 상처가 되었나 보다. 요즘도 가끔 아이가 엄마에게 혼났던 이야기를 한다. 내 아이들에게 모국어로서 엄마의 말을 가르치는 데 나는 실패했다. 하지만 여건이 어려워도 다른 엄마들은 성공하기를 바란다. 아직 아이들이 어려 기회가 있는 엄마들과 함께 그 일을 하고자 한다.

한국으로 이주한 지 이십 년째 되던 2017년 1월의 저녁은 행복한 시간이었다. 바깥 날씨는 살을 에도록 추웠지만 우리 '이주민센터 동행'의 작은 사무실은 열기로 후끈했다. 스물한 명, 우리 동네 베트남 엄마들이 둘러앉아 자신들의 고민과 애환을 열띤 분위기 속에서 이야기하고 있었다. 우리 결혼이주여성들은 모두 똑같은 소망을 가지고 있다. 우리 아이들이 엄마의 모국어를 할 줄 알았으면 하는 소망이다. 그녀들은 아이들에게 베트남어를 가르치는 교실을 열어달라고 나에게 부탁하려고 이 추운 겨울 저녁에 모인 것이다. 당연히 나는 흔쾌히 그러겠다고 했다. 베트남어 교실 운영의 어려움 따위는 생각조차 하지 않았다. 누구보다도 내가 그들의 마음을 잘 아니까. 내가 겪어봤고 또 겪고 있는 바로 당사자니까 이건 마땅히 해야 할 일이다.

한국에 와서 언어의 벽을 넘기 위해 애쓰는 동안, 한국사회에 적응하느라 고군분투하는 동안, 나도 모르게 나와 우리 아이들 사이에는 어떤 벽이 생기고 있었다. 나는 어릴 때 우리 엄마가 내게 불러준 베트남 자장가를 내 아이에게 불러주고 싶었고, 내가 어릴 때 들었던 베트남 동화를 들려주고 싶었다. 다른 엄마처럼 아이들을 껴안고 베트남어로 사랑을 속삭이면서 장난치고 싶었다. 내 아이들로부터 "엄마, 사랑해!(Mẹ ơi! con thương mẹ lắm! 메어이, 꼰 트엉 멜람!)" 라는 말을 내 모국어로 듣고 싶었다. 이런 소망들이 그렇게 크고 멀리 있는 것인가? 내 생각에는 아주 작고 소박하고 평범한 것이다. 그 행복은 이 세상의 어느 엄마라도 누리고 싶은 작은 소망이다. 그 권리를 실현하지 못하는 현실이 견디기 힘들었던 것처럼 다른 베트남 엄마들도 마찬가지였으리라는 것을 나는 너무도 잘 안다.

아이들을 사랑하는 마음을 한국어만으로는 다 표현할 수 없어 답답하고, 한국어로만 아이들과 대화하다 보니 내 아이들이지만 가끔 낯설어 나의 아이들처럼 느껴지지 않았었다. 그럴 때마다 내 자신을 책망했고 스스로에게 화가 나기도 했다. 엄마의 권리를 포기해야 하나 싶기도 했다. 사실 나의 능력과 노력으로 아이들에게 베트남어를 가르친다는 것은 역부족이었다. 내가 아무리 애를 써도 그 벽은 끄떡도 하지 않았다. 아이들을 데리고 베트남으로 돌아가고 싶다는 생각을 한두 번 해본 것이 아니다 보니, 베트남 모국어 강좌 개설은 당연한 일인 것이다.

# 서로를 보듬어 안은
# 몇 가지 소소한 일상

하나. 동행 회원 중 지역에 결혼이주여성들이 결성한 마포구 베트남 여성회는 회원이나 가족에게 질병이 발생하거나 상을 당했을 때 가장 중요한 역할을 한다. 얼마 전 아이가 두 명 있는 한 회원의 남편이 위암으로 사망했다. 그러나 시댁 식구가 아무도 없어 남편이 생전에 알고 지내던 교회신도들 몇 명을 빼고는 장례식장을 찾아오는 사람이 없었다. 그래서 이 회원과 아이들 두 명만이 장례식장을 쓸쓸히 지켜야 했다. 이 소식을 들은 우리 여성회원들은 함께 모여 장례식장을 찾았고 같이 있으면서 슬픔을 위로하였다. 화장터에 가는 일과 남편 유골을 납골당에 안치하는 일까지 우리는 함께했다. 또 다른 회원은 남편이 질병으로 오랫동안 앓다가 사망하였는데 시어머니와 함께 장례식을 치르기는 했지만 젊은 나이에 남편을 잃은 그 여성을 위로해 줄 친정이 없었다. 이때에도 우리 여성회원들이 서로 위로하면서 친정 역할을 대신해줄 수 있었다. 어느 겨울날, 한 회원의 친정어머니가 뇌출혈로 쓰러져 병원에 입원했다는 소식이 단톡방에 올라왔다. 회원들이 모두가 걱정되어 십시일반 돈을 모금해 전달했고 어떤 분은 돈 대신 쌀 4포대를 보내주었다. 우리는 이렇게 의지하며 살아간다.

둘. 주말에 아이들과 엄마들을 위한 교육 프로그램을 운영하기 위해 마포구청 자원봉사센터와 연계해 강사를 모집하였다. 문제는 아이들이 공부할 때 엄마들이 다른 공간에서 아이들을 기다리는 동안 한국어를 배울 수 있도록 해야 하는데 그러려면 장소가 두 곳이 필요하다는 점이다. 그러나 '동행' 사무실은 좁기 때문에 두 공간을 확보할 여유가 없다. 나는 지역사회의 자원을 활용하고 우리 회원도 지역에 소속감을 느낄 수 있도록 하기 위해 동 주민센터의 공간을 교육장소를 빌렸으면 하는 바람이 있었다. 그렇게 된다면 지역 공무원과도 자주 접촉해 친근감을 느낄 수 있을 것이었다. 그래서 주민센터장님을 찾아뵙고 내 고민을 말씀드렸더니 일단 주민자치위원회의 활동에 참여하면 나중에 자치위원회의 교육프로그램으로 운영될 수도 있고 주민센터의 장소도 사용 가능하다고 알려주셨다. 베트남 여성들의 향수를 달래기 위한 주말 텃밭 가꾸기 꿈도 말씀드렸더니 주민센터의 옥상을 보여주며 공간 사용을 흔쾌히 허락해주셨다. 대부분의 이주민들은 한국에 정착해 살면서도 이주민만의 울타리에서 살아간다. 아직 이주민이 온전히 정체성을 유지하며 지역 사회에 뿌리내리기 힘든 상황에서 친절하게도 우리 동네의 공무원 여러분들은 정말 적극적으로 도와주신다.

셋. 이름은 주말 텃밭농장이라고 하지만 매일 아침저녁으로 물을 주지 않으면 채소가 자라지 못하고 자란다 해도 특히 옥상의 여름 햇볕이 뜨거워 금방 다 말라 죽게 된다. 나는 텃밭 가꾸기에 참여할 회원들을 모아 단톡방을 만들고 주민센터 문을 열지 않는 일요일 뺀 나머지 6일간 아침과 저녁의 물주기 당번을 정해 각자 자기가 맡은 요일에 텃밭을 돌보도록 하였다. 텃밭 가꾸기에 참여할 수 있는 회원의 조건은 일주일에 최소 한 번 이상 물을 주어야 하는 것이었기 때문에 사는 곳이 주민센터에서 조금 멀거나 평일에 시간을 낼 수 없는 사람은 참여할 수 없어 결국 텃밭 참여 회원은 총 10명이었다.

흙은 옥상에 이미 있었고 비료는 '동행'의 명예 회원으로부터 10포대를 후원받았다. 그리고 씨앗은 노동자 회원들이 보내줬다. 우리는 모닝글로리, 레몬글라스, 수세미, 박 등 우리가 선호하지만 망원시장에서는 팔지 않는 채소들을 심었다. 봄에 부지런히 농사를 지은 덕에 여름 내내 다양한 채소들을 충분히 나눠먹을 수 있었고 너무 잘 자라주어 주변에 나눠주면서 맛을 보라고 할 수 있어 마음이 흡족하다. 나는 요즘 이주민 상담을 하며 쌓인 상처와 스트레스를 우리 동네의 이주여성 친구 후배들과 함께 텃밭을 가꾸며 수다를 떨면서 풀어버린다. 그리고 지역에서 따뜻하게 인사를 건네주시는 분들과의 짧은 대화도 내게는 큰 위안이다. 지금은 가을용 채소를 심어 놓았고 새로운 수확을 기다리고 있다.

넷. 교민회장을 그만둔 후 이제부터는 이주민센터 동행의 활동에만 집중하면 될 줄 알았다. 베트남에서의 코로나 확진 상황 소식을 몰랐다면 아마도 편안하게 살아가고 있었으련만. 매일 만 명 남짓 확진되면서 몇 백 명씩 사망한다는 소식이 들려왔고 특히 내 고향 동나이성을 포함한 호찌민시의 상황이 매우 심각하다는 것을 알고 더 이상 가만히 있을 수가 없었다. 언론 매체를 통해 한 가족이 전부 사망했다는 소식을 접하거나 가족 여러 명을 한꺼번에 잃은 사람의 한탄하는 모습을 보는 내 마음은 찢어지도록 아팠다. 매일 뉴스에서 베트남 사람들이 우는 모습을 보면서 나도 따라 울었다. 페이스북의 어떤 베트남 여성의 글을 읽기 전까지는.

그녀의 글은 베트남 상황이 너무 심각하니 우리가 더 이상 가만히 있지 말고 모금을 해서 아픈 사람들을 돕자는 외침이었다. 그녀의 글은 나의 뇌리에 꽂혔다. 마냥 잠자고 있는 내 머리에 차가운 물을 끼얹듯, 슬픔에 빠져 무기력해진 나를 깨웠다. 그래! 24년 간 한국인으로 한국에서 살아도 내 몸 속에 흐르는 베트남의 피가 다시 한 번 뜨겁게 끓어 솟아오른 것이었다. 교민회장직을 내려놓은 지 석 달도 안 된 그날, 힘차게 모금사업에 착수한 나를 발견했다. 더 이상 늦지 않게 제때에 나를 깨워준 여성에게 진심으로 고마운 마음이 들었다.

# PART
# 05

# 짓밟히는
# 이주노동자의 꿈

- 현대판 노예의 비극
- 감금 폭행에 살해 협박까지
- 여성 이주노동자의 고달픈 삶
- 8년 근속 노동자의 몸부림
- 휴가 다녀왔는데 해고라니
- 농업 이주노동자의 비참한 현실
- 온갖 벌레와의 동침
- 여전히 맞고 사는 이주노동자
- 때로는 공무원도 폭력 가해자

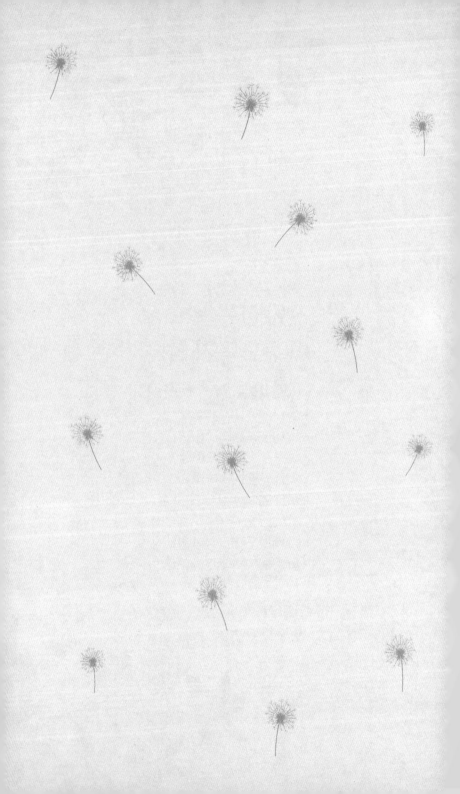

# 현대판 노예의 비극

타향에서 몸이 아프면 서럽다. 그냥 단순한 몸살에 걸려도 아무도 돌봐줄 사람이 없는 타국에서는 더욱 서러운 법인데, 일을 하면서 병을 얻게 되는 이주노동자의 경우에는 더욱 막막하고 힘이 든다. 이주노동자들은 대부분 작업환경이 열악한 곳에서 일을 하기 때문에 질병에 걸리거나 재해를 당하기 십상이다. 이런 노동자도 있었다. 충북 제천에서 일하고 있는 베트남 노동자인데 몇 번 연락을 해오면서 우리 이주민센터 동행을 방문하여 상담을 받고 싶다고 했다. 나는 충북이면 너무 멀어 도와줄 수 없다고 여러 번 거절했다. 그러던 어느 날 오후, 그 노동자는 갑자기 우리 센터에 불쑥 찾아왔다. 어쩔 수 없이 어떤 어려움인지 한 번 들어나 보기로 했다.

그는 큰 강관 배관 부속품을 생산하는 회사에서 일한지 1년 반이 되었는데, 일을 시작한지 6개월 무렵부터 온몸에 두드러기가 빨갛게 올라오기 시작했다. 그때부터 피부과에서 계속 치료를 받고 2주일씩 약을 먹어왔다. 일하다가 중간에 몸이 가려워 사무실에 가서 사장에게 옷을 벗어 보여주기도 했다. 처음 몇 번은 인사 담당직원이 병원에 동행했는데 나중에는 본인이 알아서 갔다. 약을 먹지 않으면 다시 몸이 가렵고 발진이 생기는 이 증상은 한국에 오기 전 베트남에서는 전혀 없었다. 증상이 있을 때부터 1년이 지나는 동안, 그는 회사에 수없이 사업장 변경을 요청했지만 회사는 외면하였고 계속 근무하도록 강요하기 위해 '열심히 일을 하겠다.'는 각서에 서명할 것을 요구했다. 하지만 노동자는 일할 수 있는 만큼만 일을 하겠다면서 서명을 거부하였고 이에 회사는 무단이탈 및 상급자 지시 불이행으로 2개월간 업무정지라는 징계처분을 내렸다.

사업장 변경을 요청하면 꼬투리를 잡아 징계와 함께 업무정지를 시키는 것이 외국인노동자를 채용하는 사업주들이 흔히 쓰는 수법이다. 왜냐하면 제한된 취업 기간에 일하지 못해 돈을 못 벌면 이주노동자에게 치명적이라는 것을 잘 알기 때문이다. 이 회사의 사장도 업무정지 기간에 회사에 가서 사업장 변경 요청하는 노동자를 만나주지 않았고 경찰을 불러와 회사 근처에 얼씬도 못하게 쫓아냈다. 노동자가 질병에 시달려온 1년 동안 여기저기 연락해 도움을 요청했지만 도와주는 곳은 없었다. 나도 전화상으로 거절했지만 그는 더 이상 다른 방법이 없어 충북에서 서울까지 올라와 동행을 찾아온 것이었다.

동행에서는 일단 그가 충북지방노동위원회에 '부당업무정지구제신청'을 할 수 있도록 지원했다. 구제신청이 받아들여지면 그것을 근거로 사업장 변경 신청 요건으로 활용할 생각이었다. 그러나 왜 구제신청을 하느냐는 지방노동위원회의 질문에 노동자는 곧바로 사업장 변경을 원한다고 대답을 하였다. 그렇게 대답을 하자 지방노동위원회는 자기들은 사업장을 변경해 주는 곳이 아니라며 취하서를 작성해서 제출하라고 했다. 나는 나대로 회사에 연락해 사장님과 한 번 만나고 싶다고 했다. 그러나 회사에서는 다시 일할 생각이면 오고 일할 생각이 없으면 연락하지 말라고 했다.

눈앞이 보이지 않았다. 회사가 우리를 무시하는 태도도 생각할수록 화가 났다. 우리가 구제 신청을 진행하는 동안 함께 일하던 캄보디아 동료가 사업장에서 이탈하여 미등록자가 되었다. 그 노동자는 증상은 약간 다르지만 역시 얼굴에 심한 여드름이 생기는 피부 질환을 앓고 있었다. 그도 사업장 변경을 원했지만 베트남 노동자의 시도가 실패하는 것을 보고 본인도 더 이상 희망이 없겠다는 생각에 일찌감치 포기하고 미등록자로 살기로 한 것이었다. 그래도 우리는 여기서 포기할 수 없었다. 베트남에서 한국으로 오기 전에 이탈방지 예치

금으로 약 500만 원을 냈는데 이탈해서 미등록자가 되면 그 돈이 베트남 정부에게 귀속되기 때문이다. 그리고 미등록이 되면 항상 불안한 상태로 살아야 하고 운이 나빠 단속이라도 되면 강제출국을 당하기에 어떻게든 미등록체류자가 되는 것만큼은 막아야 한다.

다시 지방노동위원회에 구제신청을 했다. 이번에는 공익변호인을 신청하여 변호사가 노동자와 함께 출석하도록 했다. 사실, 부당 정직 구제 재판에서 우리가 이긴다 해도 정직 기간 동안의 임금을 받고 복직을 할 수 있는 것이지 사업장 변경을 할 수 있는 것은 아니다. 사업장 변경을 하려면 몸에 난 두드러기와 현재 하고 있는 업무와의 인과관계를 입증해야 한다. 그 증거를 확보하기 위해 그동안 치료했던 피부과에 찾아갔다. 그러나 병원 원장은 "이 두드러기는 몸에서 나온 것이지 환경 때문에 생긴 것이 아니다."라고 말을 했다. 더 이상 방법이 없을 것 같았다.

나는 혹시 아직 모르고 있는 방법이 있을지도 모른다는 생각에 이주노동자운동후원회 정영섭 사무국장님께 여쭤보았다. 내용을 듣고 나서 정 선생님은 원주세브란스기독교병원 직업환경의학과에 가서 진단을 받아보라고 했다. 나는 통역인을 섭외해서 노동자와 함께 소개 받은 직업환경의학과 교수를 만나보도록 주선을 하였고 노동자는 교수를 찾아가 그간 챙겨두었던 사진과 일하면서 접촉한 화학물질에 대해 설명을 하였다. 노동자와의 상담을 마친 교수는 두드러기가 작업 환경과 관련이 높다는 내용의 업무적합성평가서를 발급해 주었다. 희망이 보이기 시작했다. 그 평가서를 가지고 고용센터에 사업장 변경을 신청했지만 담당자는 사업주가 동의를 해줘야만 다른 회사로 갈 수 있다는 답변만 하였다. 열흘이 지나도 일에 대한 진척이 없자 나는 사업주만을 위하는 고용센터의 일처리 방식에 더 이상 기대할 게 없다고 판단하고 국민신문고에 민원을 넣었다. 그리고 나서 8일 후에 사업장 변경 신청이 승인되었다는 답변을 받았다. 너무 기쁜 나머지 노동자한테 바로 연락해 이 소식을 전했다. 알고 보니 노동자가 나보다 먼저 알고 있었다. 베트남 EPS(이주노동자관리시스템)에 근로계약이 해지되었다는 내용이 올라와 있어 알 수 있었다는 것이다.

사업장 변경은 되었지만 지방노동위원회에 구제 신청을 한 부당 정직된 기간의 임금 청구 건이 아직 남아있었다. 코로나로 심문회의는 계속 연기되었고 노동자는 지쳐만 갔다. 결국 노동자는 출석하지 않고 변호사님이 혼자 지방노동위원회에 가서 화해 절차를 진행하고 사건을 마무리 하였다. 얼마 후 노동자로부터 새로운 사업장에서 아프지 않으면서 일을 잘하고 있고 첫 월급을 탔다고 연락이 왔다. 이주노동자가 사업장 변경을 원할 때 그 변경 사유가 자기 책임이 아님을 입증해야만 사업장을 옮길 수 있다는 노동부의 주장을 다시 생각해 본다. 이 노동자의 경우만 봐도 건강을 잃고 나서 과연 혼자 힘으로 이 회사를 벗어날 수 있을까? 한국어도 못하고 한국 법과 제도도 모르는 이주노동자들이 어떻게 자기를 스스로 구제할 수 있단 말인가? 여전히 의문이 남는다. 아무리 외쳐도 그 누구도 그들의 목소리를 들어주지 않는데 말이다.

지금도 회사에서 강압적 지시에 의해 일하고 있는 수많은 이주노동자들이 견디다 못해 캄보디아 동료처럼 사업장을 이탈해 미등록체류자가 되는 길을 선택할 수밖에 없을지도 모른다. 베트남 노동자의 경우는 한국에 입국하기 전에 이탈방지 예치금으로 무려 500만 원을 베트남 정부에 납부하고 입국하기 때문에 한국에서 이탈하면 그 돈이 베트남 국고로 들어가므로 아무리 힘들어도 참아야 하는 실정이다. 노동자가 자신의 의사에 따라 취업을 했다고 하더라도 그 일이 자신의 건강을 해치는 일일 수도 있고, 단순히 적성에 맞지 않아 힘들어할 수도 있다. 하지만 아무리 힘이 들어도 이주노동자 자신의 의지로는 이직을 할 수가 없다. 고용허가제에 묶여있기 때문에 사업주의 동의 없이는 사업장을 벗어날 수 없는 것이다. 사업주가 명백한 위법을 하지 않는 이상, 강제 노동에서 벗어날 길이 없는 것이다. 현대판 노예가 따로 없는 답답한 현실이다.

# 감금 폭행에
# 살해 협박까지

2020년 7월 14일 또안(가명) 씨에게 전화를 받았다. 본인은 코로나에 걸리지 않았는데 사장이 강제로 보건소에 데려가서 검사받도록 한후 창고에 감금했다고 했다. 전에도 또안 씨가 몇 번 연락했었지만 그가 있는 곳이 전북 완주군이라 너무 멀어 그 지역에서 가까운 센터를 알려주었었다. 그러나 이후에도 나에게 여러 번 연락이 와 전화로 상담을 해주고 있었다. 그런데 8월 13일 사측이 자신을 정직시켰다고 또 연락이 왔다. 나는 또안 씨의 사정을 듣고 너무 안타까워 그를 더이상 외면할 수가 없었다.

사업주는 이번에도 역시 정직을 카드로 썼다. 돈을 벌려는 목적으로 한국에 와서 일하는데 돈을 벌지 못하게 하는 것이다. 일하는 기간 도 처음에 3년까지만 한정되어 있어 열심히 벌어야 빌린 입국비용도 갚고 부모 자식도 부양할 수 있다는 것을 이용하는 것이다. 이런 경우 이주노동자들은 여기저기 도움을 요청하다 지쳐 결국 사장한테 돌아 와 말을 잘 듣게 된다.

또안 씨는 2019년 6월 한국에 입국하여 용접을 했다. 일을 시작하 면서부터 용접가스로 인해 만성비염에 시달리게 되었고 6개월이 지 났을 무렵에는 비염이 점점 심해져 숨을 못 쉴 정도가 되었다. 그가 사정을 말하면서 사업장 변경을 요청하자 사업주는 1년을 일하면 해 주겠다고 약속하였다. 그러나 1년이 지난 2020년 6월 사업주는 약속 을 지키지 않았고, 그때부터 일을 못하게 하면서 기숙사로 쫓아내거 나 말을 안 들으면 사람을 사서 폭행하거나 살해할 수도 있다고 협박 도 했다. 그가 다음날 고용센터에 찾아가 문제 해결을 요청한 사실을 알게 된 사업주는 급기야 그를 코로나 환자로 몰아 감금을 했다. 그를 기숙사와 수십 미터 떨어진 곳에 감금하고는 다른 직원이 오지 못하 도록 문에 코로나로 자가격리 중이라는 경고장을 붙였다. 그곳은 침 대도 화장실도 없고 빗물이 새고 모기가 들끓는 곳이었다. 의자 3개를 붙여 잠을 청하였지만 도저히 잘 수가 없어 다음날 아침에 경찰에 신 고했다. 그러고 나서 7월 16일부터 9월 15일까지 정직을 당한 것이다.

나는 또안 씨와 함께 '부당 정직'을 사유로 하여 전북지방노동위원회에 구제 신청서를 제출하였고 대리인 선임도 같이 신청했다. 8월 20일 전북지방노동위원회에서 대리인 노무사가 선임되었다는 통보가 왔고 나는 노무사와 연락을 취했다. 그동안 또안 씨가 나한테 보내준 진술서, 치료확인서, 서약서, 기숙사 퇴출명령서, 정직통지서 등 서류들을 노무사님께 보내드렸다. 부당 정직에 대한 지방노동위원회의 조사가 진행되자 사업주가 앞에서는 9월 1일에 '업무복귀통지서'를 주고 일을 하라고 하면서 뒤에서는 또안 씨가 먼저 무단결근을 해놓고 거짓말을 했다고 몰아갔다. 나는 전에 비슷한 사건 하나를 도와준 적이 있었는데 지방노동위원회에 부당 업무정지 구제 신청을 하자 이를 알게 된 회사가 바로 복직통지서를 보내왔었다. 회사의 요구대로 노동자가 복직했더니 그 후에는 지방노동위원회에서 더 이상 법적 실익이 없다고 하면서 사건을 종료시켰다. 그리고는 부당 업무 정지 기간의 급여는 민사로 해결해야 한다고 했다. 오 마이 갓!

9월 8일 나는 밤늦게까지 또안 씨가 써준 진술서를 번역해 국민신문고에 민원을 넣었다. 사업주에게 폭행 및 살해협박을 받고, 불법 감금과 의사에 반하는 서명, 부당 정직처분, 임금체불, 욕설 등에 대하여 적었다. 그런데 다음 날 아침 또안 씨가 사업주한테 맞았다며 경찰에 신고 좀 해달라고 또 연락을 해왔다. 나는 급한 마음으로 바로 112에 신고해 또안 씨의 주소와 연락처를 알려주었다. 나중에 완주경찰서에서 조사를 받으면서 그전에 사업주가 행한 감금과 협박에 대해서도 고소장을 제출했다. 9월 17일에는 고용센터를 방문해 담당자에게 임시 사업장 변경 절차를 밟을 수 있도록 요청했다.

얼마 후, 폭행과 체불임금을 이유로 진정서를 제출했던 전주지방노동청으로부터 연락이 왔다. 근로감독관은 또안 씨의 체불임금을 사장이 입금했으니 진정을 취하하라고 했다. 또안 씨는 '폭행 건은 계속 진행을 원하고, 임금체불은 금품 수령되었으니 취하를 원합니다.'라는 문자를 보냈다. 또안 씨는 사업주로부터 여러 번 사업장 복귀 통보 문자를 받으면서 계속 불안한 마음으로 사업장 변경 허가서를 기다렸다. 나는 또안 씨가 폭행을 당했기 때문에 더 이상 그 사업장에서는 일을 할 수 없다고 안심시켜주었다.

드디어 9월 28일에 고용센터와 국민신문고로부터 그렇게도 기다리던 소식이 왔다. 임시 사업장 변경이 허가된 것이다. 이후 10월 13일 열린 전북지방노동위원회에서 노사측간 어렵게 합의가 되어 사건이 잘 마무리 되었다. 그날 이후 또안 씨와 경찰서 담당 형사와 전주지청 근로감독관에게 취하서를 보냈다. 다소 아쉬움과 억울함이 남았지만 그래도 원만하게 해결되어 다행이다. 나중에 또안 씨의 코로나 검사 상황을 보건소와 임실보건환경연구원을 통해 확인해보니 또안 씨의 판정결과는 '음성'이었다. 사장이 또안 씨가 코로나에 걸리지 않았다는 결과를 받았음에도 3년까지 일하라는 서약서에 서명할 때까지 가 뒤놓았던 사실이 확인된 것이다. 이런 일을 당하는 노동자가 더 이상 생기지 않는 날은 언제쯤일까?

# 여성 이주노동자의
## 고달픈 삶

"여보세요?" 한 젊은 여성의 목소리가 들려왔다. "거기 이주민센터 동행이죠? 깜 언니가 맞아요?" "맞아요. 뭘 도와드릴까요?"

그녀는 사업주가 사업장 이동을 동의해주어 구직 절차를 밟고 있었는데 갑자기 사업장 변경 동의가 취소되어 다시 그 회사로 돌아가야 한다고 했다. 지역이 어디인지 묻자, 안동이라고 했다. 서울에서는 거리가 멀어 나는 그 지역 이주민지원센터의 주소와 연락처를 알려주었다.

그녀는 2019년 4월부터 안동에 있는 고등어 가공회사에서 일을 했다. 해동된 고등어를 삽으로 테이블에 올려 가공한 다음 박스에 담고 세척을 하고 소금물에 담근 다음 쟁반에 가지런히 올려 냉동실에 넣는다. 포장을 하고 청소를 한다. 냉동 고등어를 옮길 때는 카트가 없어 박스들을 밀어 옮기는데 아주 무겁고 힘이 많이 든다. 겨울에는 얼음과 접하게 되어 아주 춥다. 이 여성은 본국에서 심장 수술을 받았고 척수 마취 주사를 맞은 적이 있는데 그 부작용 때문에 허리가 쉽게 아파서 무거운 것을 옮기는 작업은 잘 못한다. 숨쉬기가 힘들고 통증이 있어 병원에서 진료를 받았다. 그녀는 사업장 변경을 여러 번 요청했지만 사업주는 동의해주지 않았다. 그리고 이 여성은 종교적인 믿음 때문에 이 일을 하면서 괴롭다고 했다. 생선의 배를 갈라 가공하는 일은 하고 싶지 않다는 것이다. 매일 생선을 죽이고 자르는 일을 하다 보니 자주 꿈을 꾸는데 그 업보가 혼자 기르고 있는 4살 된 딸한테 갈까 봐 고통스럽다고 했다. 게다가 이 회사는 주말에 1시간씩 무급으로 일을 시켰다.

그녀는 사업장 변경을 다시 요청했고 이번에는 회사가 근무태만을 사유로 사업장 변경에 동의해주었다. 그녀는 기쁜 마음에 빨리 사업장 변경 등록필증을 교부받고 구직 활동을 시작했다. 그런데 사업주가 갑자기 생각이 바뀌었다며 베트남에 간다면 보내주고 그렇지 않으면 계속 그 회사에서 일해야 한다고 했다. 그녀는 안동에 있는 이주민 지원센터에 연락했고 이 센터에서는 사건을 받자마자 고용센터와 회사 사업주와 연락했다. 사업주는 화를 내며 회사는 잘못이 없고 노동자가 다시 돌아와 일하든 말든 상관이 없으니 무조건 회사로 오고 아니면 베트남에 가면 된다고 했다.

그녀는 어쩔 수 없이 다시 출근했다. 그런데 출근한 지 얼마 지나지 않아 사업주는 밤늦은 시간에 전화 통화를 한다는 이유로 숙소를 주방의 창고로 옮기라고 지시했고 관리자와 직원 한 명이 그녀의 방에 들어와 물건들을 주방 창고로 옮기려고 했다. 그녀가 동의하지 않자 관리자가 강제로 그녀의 양 팔목을 잡고 눌러 움직이지 못하도록 했다. 그들은 남자들이고 갑자기 함부로 방에 쳐들어와 그런 행위를 한 것에 대해 이 여성은 부끄럽고 화가 났다. 세게 눌러진 양 팔목은 멍이 들었다. 그녀는 병원에 가서 진단서를 발급받아 경찰서에 제출했고 고용센터에 가서 신고도 했다.

고용센터 외국인 담당자가 사업장을 방문했지만 사업주는 만나주지 않았고 문제는 해결되거나 진전되지 않았다. 당시 외국인지원센터 두 곳의 지원을 받았는데 차별 대우 및 부당 공제 등을 사유로 진정서를 작성해 제출하고, 노동청에 함께 출석해 근로감독관에게 사건에 대해 진술하고 경찰서에도 함께 갔다. 증거수집 확보, 노동청과 연락 등 센터 상담원의 많은 도움이 있었다.

사업주는 그녀가 일을 하지 못하게 했다. 게다가 다른 직원들은 추석 선물과 상여금이 있었지만 그녀에겐 주지 않았다. 사업주한테 항의하니 근무하지 않았기 때문이라며 불만이 있으면 노동청에 가서 신고해라고 했다. 이에 노동청에 기숙사 비용, 급여 부당 공제 등 부당 처우에 대해 진정했고 사업주는 이 여성이 더 미워졌다.

그녀는 사업주와 관리자, 동료 모두한테서 괴롭힘을 당한 모양이었다. 이 여성이 견디지 못하고 베트남으로 돌아가게 하기 위해 온갖 방법이 동원되었던 것 같았다. 팀장이 일할 때 도와주지 말라고 주의를 시켰기 때문에 동료들은 말도 걸지 않았다. 그런 환경에서 일해야 쉽게 지쳐 베트남으로 돌아가니까. 욕먹고, 부당한 처우를 받으면서 이 회사를 떠나고 싶은 마음이 더욱더 간절해졌다. 정신적으로 엄청난 스트레스를 받았고 막다른 골목에 내몰렸다. 어떻게 이 회사에서 탈출할 수 있을까? 법대로 하면 이 여성은 회사를 이길 수 없었다. 그렇지만 계속 이 회사에서 근무하면 힘든 일이 계속될 것이었다. 결국, 이 여성은 회사가 바라는 대로 베트남에 가겠다는 결정을 했다. 베트남에는 또 다른 어려움이 기다리고 있을 테지만 지옥 같은 회사에서 벗어나는 것이 무엇보다 간절했기 때문이다.

# 8년 근속 노동자의 몸부림

"회사 그만두고 본국으로 출국하겠다고 해서 근로계약 해지된 다음 다른 회사에 취업해도 되나요?"

나는 이주노동자 상담 업무를 하는데 가끔 이런 질문을 받는다. 어떻게 답을 해야 할지 참 난감하다. 어떤 경우엔 성공하고 어떤 경우엔 실패하기 때문이다. 이주노동자는 본국에서 자기가 일할 사업장이 어떤 곳인지, 사장은 어떤 사람인지, 기숙사는 어떻게 생겼는지, 무슨 업무를 할 것인지 제대로 알지 못한 상태에서 3년이나 일할 근로계약을 체결한다.

막상 한국에 와서 일해다 보면 기숙사가 더럽거나 동료와 맞지 않거나 일이 건강에 해롭다는 사실 등을 알게 되어 사업장을 변경하고 싶어 한다. 그러나 고용허가제는 사업주가 동의해주지 않으면 이주노동자가 다른 회사로 옮길 수 없다. 폭행, 임금체불 등 회사의 법 위반을 입증해야 노동자의 책임이 아닌 사유로 사업장을 바꿀 수 있다. 그런 내용은 고용노동부 고시로 규정되어 있지만 한국어로 되어 있어 이주노동자가 정확히 알지 못해 사업장 변경을 하고 싶어도 활용할 줄 모른다. 3년 동안 여러 가지 불편한 점이 있어도 폭행이 없고 임금체불도 없으면 무조건 참고 일해야 한다. 그래서 이주노동자는 어떻게 이 회사에서 벗어날지 고민 끝에 본국으로 가겠다고 거짓말을 하고 회사가 근로계약을 해지해주는 것을 유도한다. 그런 사정을 잘 모르는 사장은 노동자를 보내주고 다른 이주노동자를 알선 받는 것이지만 뛰는 놈 위에 나는 놈이 있다는 말이 있듯이 근로계약이 해지된 후, 노동자의 출국 여부까지 확인하는 사업주도 있다. 출국하지 않고 한국에서 구직 활동하고 있다면 다시 고용센터에 가서 근로계약 해지를 취소시키는 사장이 종종 있다.

2019년 7월 김해에 있는 베트남 남성노동자가 도와달라고 연락이 왔다. 그의 말에 따르면 그는 2012년부터 조선기자재 회사에서 주로 쇠파이프 조립 업무를 했다. 처음부터 배우는 자세로 열심히 일했고 책임감 있게 근무했지만 일이 너무 힘든 데다 사업주가 계속 일을 강요하고 욕을 밥 먹듯이 하고 아무리 열심히 잘해도 사업주의 마음에 차지 않아 늘 빨리 하라고 재촉을 당했다. 쇠 파이프 조립 업무를 하기 위해 무거운 쇠파이프 운반 작업을 오래 하다 보니 허리가 아프기 시작했고 사업주에게 여러 번 사업장 변경을 요청했지만 매번 거절당했다.

2019년 7월이 되어, 즉 7년간의 생활이 지긋지긋한데다가 너무 지치고 더 이상 견딜 수가 없어 다시 한 번 더 사업장 변경을 요청했지만 사장이 또다시 동의하지 않았다. 고민 끝에 마지막 생각해낸 방법이 사업주한테 그만두고 베트남으로 귀국하겠다고는 하는 것이었다. 그렇게 근로계약 해지를 받은 그는 '야호! 이제 자유로운 몸이다' 싶어 고용센터의 알선을 받아 구직 활동을 했다. 한 2주 정도 지나 여기저기 회사를 찾아 계약하려고 하는 와중에 사업주가 이 사실을 알게 되었고 사업주는 곧장 고용센터에 근로계약 해지를 취소하였다. 노동자는 어쩔 수 없이 다시 돌아가 일을 계속해야 했다. 이 노동자는 이 회사로 다시 돌아가고 싶지 않아 다른 구제 방법이 있으면 도와달라고 했다. 김해에서 서울로 올라와 만나고 싶다고 했지만 안타깝게도 뾰족한 방법이 없어 도와줄 수 없다고 답했다.

그 후 한동안 연락이 없다가 2020년 11월에 다시 연락이 왔다. 이번에도 사업장 변경 문제로 도움을 요청한 것이다. 코로나 때문에 회사가 일이 없어 4개월간 무급휴가를 강요당했는데 사업장 변경을 신청해도 해결은 되지 않고 있다는 것이다. 나는 통역인으로서 노동자와 함께 국민신문고에 민원을 넣었다. 노동자가 고용센터를 방문해 사업장 변경을 해달라고 요청했지만 '3개월간의 무급휴가 신청서'에 스스로 동의하여 서명을 하였다는 이유로 사업장 변경이 되지 않았다는 내용과 그것은 노동자가 스스로 원한 것이 아니었다는 내용을 포함시켰다. 게다가 사업주는 계속 기다리라고만 하는데 월급을 못 받으니 생활은 점점 어려워지고 최근 베트남에 큰 홍수가 발생해서 고향집도 많은 피해를 입었는데 가족들에게 피해복구 비용과 생활비를 보낼 수 없어 가족들도 고통을 겪고 있다는 내용을 추가하였다. 이후 민원 내용에 대한 방문조사와 관련 자료 등이 다시 검토되었고 노동자는 사업장을 변경할 수 있게 되었다.

성실 노동자로 8년 넘게 한 사업장에서 근무하고도 거짓말까지 해가며 사업장 변경을 시도했다가 실패한 이주노동자는 결국 코로나로 인한 4개월 무급휴가를 사유로 사업주의 손아귀에서 벗어날 수 있었다. 코로나는 우리 모두에게 나쁘고 치명적인 것이지만 이주노동자에게는 어쩌다보니 긍정적인 영향을 주었다는 생각이 든다. 이런 아이러니한 상황에 마음이 씁쓸하다.

# 휴가 다녀왔는데 해고라니

"저는 레 반탄입니다. E9 비자 노동자이고, 근로기간이 아직 1년 더 있지만 코로나를 피해 베트남으로 휴가를 갔다가, 다시 한국에 입국하려고 했더니 회사가 근로계약을 해지했어요. 현재 입국할 수 없어서 인천공항에 있어요." 2020년 4월 20일에 받은 휴대폰 문자 사연이다. "그러면 베트남으로 돌아가지 말고 외국인등록증 양면을 사진 찍어 보내줘 봐요. 그런데, 그동안은 어디서 지내요?" "아직 인천 공항에 있어요."

이처럼 이주노동자들은 본국에 휴가를 갔다가 다시 한국 입국 시 회사가 근로계약을 해지했다는 통보를 받게 되면 입국을 못하고 바

162

로 본국으로 돌아가야 한다. 코로나19 때문에 비행편이 없어 바로 돌아가지 못한 것은 반탄 씨에게는 다행이었다. 구제신청을 할 수 있는 기회가 생겼으니 말이다. 그는 하루에 빵으로만 두 끼니를 때우고 있다고 했다. 나는 공항 관계자의 연락처를 요청했다. 부당해고 구제신청서를 접수시키려면 반탄 씨의 서명이 있어야 하고 그러려면 그들의 팩스 번호를 이용해야 했다. 근로계약서를 사진으로 찍어서 보내라고 했더니 계약서를 받지 않아서 없다고 한다. 이게 문제다. 이주노동자와 상담을 하면서 제일 답답한 것은 그들이 근로계약서를 갖고 있지 않다는 것이다. 노동자에게는 근로계약서가 생명이나 마찬가지인데 없다는 게 도대체 말이 되는가? 근로계약서를 갖고 있어야 계약상 정한 근로조건과 실제 근로조건을 비교해 일치 여부를 확인할 수 있는 것인데 말이다.

반탄 씨가 같은 회사에 근무하는 베트남 동료로부터 정보를 얻어 부산지방노동위원회에 구제신청서를 접수하는 것을 도왔다. 반탄 씨가 인천공항에서 한국에 입국 허가를 받기 위해서는 부산지방노동위원회의 부당해고 구제신청서 접수증이 필요했다. 이 사건의 관건은 반탄 씨가 베트남에 휴가를 갈 때 회사의 허락을 받았느냐에 있는 것인데 회사 측에 연락해 보니 휴가를 허락해준 적이 없다고 했다. 일단 노동자의 말을 믿기로 했다. 이미 부산지방노동위원회에 부당해고 구제신청을 한 만큼, 자신의 상황을 소명하고 증거 등을 확보하여 구제

받을 수 있기 위해서는 무엇보다 입국이 하루빨리 이루어질 필요가 있었다.

　다행히 법무부에서는 비자 발급 절차를 밟기로 했고, 신원보증은 내가 서주기로 했다. 이제 반탄 씨를 볼 수 있겠다 싶어 들뜬 마음으로 기다리고 있는데 14일간 자가격리가 필요하다는 연락이 왔다. 나는 반탄 씨가 입국한지 3주가 지났으므로 항공권 사진을 검역 담당자께 보여주라고 했다. 그렇게 하여 자가격리 없이 코로나19 검사 결과에 따라 절차가 진행되었다. 결과는 음성이 나왔고 그는 인천공항을 출발하여 '이주민센터 동행'에 도착했다. 이제 부산지방노동위원회의 부당해고 구제 신청에서 부당해고 판정을 받아내는 일이 남았다. 서울이주노동자센터 염세진 소장님의 도움으로 반탄 씨는 부산지방노동위원회 심문회의가 열릴 때까지 동대문에 있는 쉼터에서 지내기로 했다. 다음은 사건에 대한 증거를 모으는 단계이다. 구제신청을 도와주시는 변호사님들의 안내대로 베트남 동료들의 진술서와 베트남에 있을 때 주고받은 문자를 번역해 보내드렸다.

　6월 4일 나는 태평양 법무법인의 오명은 변호사님과 반탄 씨와 함께 부산지방노동위원회의 심문회의에 들어갔다. 유능한 변호사님과 함께 출석하니 나는 떨리거나 걱정되지 않았고 오히려 자신감이 넘쳤다. 약 2시간 동안 진행된 심문회의에서 우리는 그동안 벌어진 일들에 대해 사실대로 답을 했다. 드디어 우리의 구제신청이 인정되었다. 그 후 반탄 씨는 복직이 되어 지금까지 잘 일하고 있다. 이와 유사한 사건이 이후에도 종종 있다는 이야기를 들었다. 코로나로 많은 사람들이 피해를 보고 있지만 이주노동자에 대한 피해지원이나 사회적 관심이 동떨어져 있어 안타깝다.

# 농업 이주노동자의
# 비참한 현실

'과실을 먹으면 심은 사람의 은혜를 기억해라.'는 베트남의 속담이 있다. 이 말의 뜻은 현재 우리가 먹고 있는 것, 사용하고 있는 물건들을 만들어 준 사람에게 감사할 줄 알아야 한다는 가르침이다. 그런 줄 모르는 자는 배은망덕한 사람이 되고 그런 사람이 되지 말라고 감사한 마음을 갖는 자가 되자고 한 말이다.

지금 농촌에 가보면 돼지농장, 채소농장, 버섯농장 등에서 일하는 사람들은 대부분 이주노동자들이다. 우리가 매일 먹는 삼겹살, 상추, 깻잎 채소 등은 이주노동자들이 재배한 농산물들이다. 그런데 그들이 만든 음식을 매일 먹는 우리가 그들이 한국에서 어떻게 살아가고 어떤 처지에 있는지 한 번이라도 관심을 갖고 이해하려고 했는가? 한 번이라도 겨울에 그들이 사는 기숙사에 가서 하루만 지내보면 그들이 얼마나 열악한 상황에 처해 있는지 알 수 있을 것이다. 하루에 10~12시간 일하고 한 달에 이틀만 쉴 수 있고 최저임금에 제대로 된 집이 아닌 컨테이너나 비닐하우스 내 조립식 패널로 만든 집 등 가설 건축물에 살고 있다. 이런 집은 겨울에 찬바람을 막지 못해 춥다. 화장실은 재래식이고 숙소 안에 있지 않고 바깥 멀리에 있어 겨울 한밤중에 가기가 얼마나 추운지 말도 못한다. 농지에 있으니 여름에 장마철에는 쉽게 물에 잠기고 겨울에는 화재에 위험하다.

지난여름 폭우에 수재민 70%가 농업이주노동자였고 지난겨울에는 비닐하우스 농장에서도 화재 몇 건이 발생했다. 이런 집은 농지법상, 건축법상 거주 전용시설로 하면 안 되는 것인데 그동안 고용센터가 농장주가 이주노동자에게 제공하고 기숙사 비용을 거둘 수 있도록 허용해왔다. 이런 집에 살기 싫어 다른 회사로 가고 싶어도 농장주가 동의해주지 않아 갈 수가 없어 참고 살아야 한다.

12월 20일에는 포천시에 있는 비닐하우스 집에서 캄보디아 여성노동자가 잠을 자다 사망했다. 한국에서 2만 명이 넘는 농업이주노동자들 대부분이 캄보디아, 네팔, 베트남 등 따뜻한 지방에서 왔으니 한국의 겨울 추위는 그들에게 혹독하다. 그 여성노동자 속헹 씨가 사용한 비닐하우스 숙소는 전기차단기가 자꾸 내려져 전기가 공급이 안돼서 원래 질병이 있는 그가 포천의 혹독한 한파를 이겨내지 못했다. 이 소식을 접하게 된 이주인권단체들이 서로 연대해 '이주노동자 기숙사 산재사망 대책위원회'를 구성해 이 문제를 제기해서 고용노동부가 비닐하우스 가설 건축물은 불법 건물이라는 것을 인정했다.

그 사건을 계기로 사람들이 농업이주노동자 기숙사 문제가 심각하다는 것을 인식하게 되었다. 이런 인식에 따른 문제제기로 앞으로 비닐하우스를 숙소로 사용하는 사업장의 경우 외국인 신규 고용허가를 주지 않고, 기존에 비닐하우스를 숙소로 사용하는 사업장의 경우, 이주노동자의 희망에 따라 사업장 변경을 허용하겠다는 보도가 나왔다. 나는 이 소식을 페이스북에 올려 베트남 농업노동자들에게 알렸다.

얼마 후 이천에 일하고 있는 베트남 남성 농업노동자로부터 연락이 왔다. "침실은 난방장치가 고장 나서 잠을 잘 때 따뜻하지 않아요. 주방도 난방이 안 되어 너무 추워요. 물은 펌프로 끌어 올려 사용해요. 펌프가 자주 고장 나요. 그래서 여러 번 다른 집에 가서 물을 얻어서 썼어요. 전기콘센트, 전구 등 숙소 안에 여러 시설이 자주 고장 나요. 게다가 하루에 2시간 근무를 기숙사비로 공제해요. 한 달에 56시간 근무가 기숙사 비용으로 지출되고 있어요. 임금체불은 계속되고 화장실은 자주 막혀 밖에 나가서 해결해야 해요. 더 이상 이 환경에서 못

살겠어요. 다른 곳으로 가서 일하고 싶어요."

　그들이 현재 살고 있는 숙소가 불법 숙소라고 노동부가 인정했다. 다만 법 개정이 아직 되지 않은 시점에 있다. 나는 "이천고용센터에 가서 사업장 변경 신청해보세요."라고 말했다. 이런 신청과정에서 특히 통역인이 없고 대화가 되지 않은 경우에는 고용센터 외국인 담당자와 직접 통화하는 편이 좋다. 노동자들이 이천고용센터에 찾아가서 사업장 변경신청을 하자 고용센터는 처음에 이런 경우는 "2월부터 사업장 변경이 가능하다."고 했다. 그 후에는 아직 법이 개정되지 않았으니 보도에 나온 내용처럼 '외국인노동자권익보호협의회'의 결정에 맡겨야 하는 것이다. 언제 권익보호협의회가 소집되고 결정되는지 알 수 없는 상황에서 일단 사업장 변경신청 절차를 밟도록 노동자에게 안내하고 고용센터 담당자에게 접수를 하라고 했다.

　그 후에 노동자가 숙소에 갔는데 농장주가 계속 집을 보러 가자고 노동자를 재촉했다. 농장주는 이주노동자의 사업장 이동을 막고자 한 것이다. 이주노동자가 사업장을 변경하게 되면 일손이 부족해서 손해를 보기 때문이다. 농장주는 다음 날 아침 9시에 같이 부동산에 방을 보러 갈 거니 숙소에 들러 데리고 갈 거라고 했다. 그러나 노동자들은 설사 다른 집을 구해줘도 계속 일하고 싶지 않다는 것이다. 지금 사업장 변경 신청을 한 이유는 기숙사가 열악하기 때문이다. 만약에 사업주의 말에 따라 집을 구하면 그 사유가 없어져 사업장 변경을 할 수가 없게 된다. 그날 밤 베트남 노동자 2명이 짐을 싸서 친구 집에 갔다. 다음 날 농장주가 노동자를 찾아 숙소로 갔지만 만나지 못했다. 농장주는 노동자에게 방을 얻어주려 했는데 노동자가 말을 듣지 않고 그냥 나갔기 때문에 고용센터에 이탈신고를 한다고 했다.

그날 오후, '이주노동자 기숙사 산재 사망 대책위원회' 법조팀을 맡고 있는 최정규 변호사님으로부터 연락을 받았다. 내가 염려했던 것이 현실로 되었다. 변호사님은 고용센터의 입장은 만약 농장주가 적극적으로 집을 얻어주면 노동자들이 사업장 변경을 할 수 없다는 것이다. 그 소리를 듣고 절망적인 생각이 들었다. 고용노동부의 보도 내용만 믿고 비닐하우스에 사는 이주노동자들은 원하면 다른 농장으로 갈 수 있다고 빵빵 큰 소리로 페이스북에 글까지 올렸었다. 노동자들이 나를 믿고 여기까지 왔는데 눈앞이 캄캄했다. 지금까지 노동자한테 잘못된 정보를 제공한 적이 없는데 문제를 어떻게 해결해야 좋을지 정말 막막했다.

이주노동자를 돕다가 막혀 혼자 끙끙 앓을 때 상의할 수 있는 사람, 심적으로 의존할 사람이 없어 엄청난 긴장을 해야 한다. 그래서 상담하고 일을 처리하다 더 이상 내 힘으로 해결이 안 될 때 내가 찾는 사람은 바로 이주노동자운동후원회 정영섭 사무국장님이다. 이 분은 나의 비상구 역할을 해주시는 분이다. 연대의 힘이 얼마나 소중한지 모른다. 여느 때처럼 정국장님과 연락해 상황을 설명하고 힘을 좀 보태 달라고 했다.

이 농장에는 총 36명 이주노동자가 있는데, 그 중 21명은 합법체류 이주노동자이고 15명은 미등록자라고 한다. 사장은 총 5명이고 엄마, 아들, 딸, 사위 등 집안사람들끼리 명의를 등록하고 이주노동자를 나눠 5인 미만으로 고용허가를 받았다. 그렇게 하면 외국인을 많이 채용할 수 있는데다 각종 보험에 가입하지 않아도 되고 연장근로 수당, 연차수당 등을 적용하지 않아도 된다. 무엇보다 근로계약상 고용한 노동자가 아닌데도 사실상 마음대로 일을 시켜도 되고 불법파견을 해도 된다. 농장주 입장에서는 아주 유리한 상황이다. 그래서 정국장님이 기숙사 문제로 사업장 변경이 안 된다면 농장주와 협상해 딴 데로 갈 수밖에 없다고 했다. 협상하기 위해 농장주가 갖고 있는 근로조건 위반, 불법파견 등 문제점을 언급했다. 만약 베트남 노동자 2명의 사업장 변경에 동의해주지 않으면 이 문제를 거론하겠다고 했다. 농장주에게 "어떻게 생각하시나요?", "사업장 변경에 동의합니까?" 그제야 농장주는 지금 바쁘니 내일 오전에 처리해주겠다고 했다. 드디어 확답을 받을 수 있었다.

노동자들에게 좋은 소식을 전했다. 다행스럽게도 이제는 구직신청 절차를 밟을 수 있었다. 이천고용센터 외국인 담당자가 연락해와 사업주가 사업장 변경을 동의해주었으니 권익보호협의회를 열지 않아도 된다고 알려주었다. 나는 베트남 노동자들의 구직신청 절차를 밟아 달라고 했다. 노동자들도 오랜만에 자유를 얻은 기쁨에 인증사진을 보내왔다. 사업장 변경 구직등록필증과 함께. 노동자들의 얼굴이 활짝 피어난 것을 보니 내 마음도 덩달아 환해졌다.

아직도 농업이주노동자의 12.7%가 비닐하우스 내 조립식 패널에, 37.4%가 조립식 패널, 그리고 23.8%가 컨테이너에 살고 있는 상황에서 이주노동자의 안전한 거주권을 보장하는 길은 멀어도 한참 멀다. 보다 근본적으로 고용허가제로 들어와 일하고 있는 이주노동자에게 사업장 이동의 자유가 주어져야 한다. 노동자라면 당연히 가질 수 있는 자유가 왜 이주노동자에게는 제한되어야 하는 것인가 답답한 마음이 든다. 우리가 이주노동자들의 흘린 피와 땀과 눈물로 재배한 음식을 먹으면서 그들의 힘든 삶을 외면하지 않고 관심을 가지고 그들도 우리처럼 인간답게 살 수 있는 환경을 만들어 함박웃음을 안겨주었으면 좋겠다.

# 온갖 벌레와의 동침

포천에 있는 한 농업노동자가 내 페이스북에 글을 올렸다. 기숙사가 너무 열악하여 사업장 변경을 하고 싶지만 농장주가 동의해주지 않아 고통스럽다는 내용이었다. 그는 고용센터에 가서 사업장 변경 신청을 했으나 기숙사 영상을 본 고용센터 담당자는 농장으로 돌아가 농장주의 동의를 얻어야 다른 곳으로 갈 수 있으며 동의가 없으면 고용센터가 도와줄 수 없다고 했단다. 농장주는 가고 싶으면 그냥 불법으로 이탈하든지 아니면 일할 사람을 구해오면 보내주겠다고 했다고 한다.

내가 그 지역 이주노동자센터에 사정을 이야기하며 도움을 요청했지만 사업장 변경 문제는 해결되지 않았고, 약 삼 주가 지난 토요일 그에게서 문자가 왔다. 오늘 인근 외국인노동자지원센터에 가서 상담했고 거기에 있는 베트남 통역인이 사업장 변경을 희망하는 진정서를 고용센터에 제출해줬다는 것이다. 나는 잘 해결되리라고 믿고 있었다. 그런데 며칠 후, 다시 연락이 왔다. 고용센터 외국인 담당자가 현장에 나와서 농장주와 이야기를 했는데 노동자가 계속 일하는 조건으로 급여를 인상해주고 기숙사를 고쳐주겠다고 약속했다는 것이다. 노동자는 사업장을 변경하고 싶었지만 고용센터 담당자는 진정서를 제출한 사유가 임금이 적고 기숙사가 열악한 것이었는데 진정내용이 모두 해결되었으니 문제가 없어진 거 아니냐고 했다고 한다. 집을 고친다 해도 비닐하우스는 여전히 불법 가건물일 뿐인데 어떻게 된 일일까 궁금해 하니 고용센터 외국인 담당자가 진정을 취하하지 않으면 계속 농장주와 갈등이 생긴다고 했다는 것이다. 통역인은 고용센터가 다 책임질 것이니 서명을 하라고 말했다고 한다. 그는 어떻게 해야 할지 모르겠다고 하소연했다.

나는 기가 막혔다. 그를 혼자 싸우도록 내버려두어 이런 결과가 나왔다는 생각이 들었다. 이주노동자 문제는 늘 이런 식으로 해결이 된다. 고용센터 담당자의 말처럼 임금이 인상되고 기숙사를 고치면 다 되는 것 아니냐 하지만 모르는 소리다. 임금을 25만 원을 더 인상해도 힘든 노동을 쉬지 않고 하다가 병이 들면 병원비가 더 들어간다. 기숙사를 어떻게 고치는지, 고치고 난 후에 과연 지낼 만한지 알 수 없는 상황에서 농장주의 약속만 믿고 진정을 취하하라는 것은 너무 부당하고 말도 안 되는 것이다.

이제는 내가 노동자의 진정을 도와주기로 했다. 그의 진술에 따르면, 기숙사는 비닐하우스 안에 있어 어둡고 습하고 지저분하다. 물은 농장주가 온수기를 설치해주지 않아 차갑고 물통에 물을 받아 물속에 금속 전기가열기를 넣어 물을 끓어야 하는데 그런 방법으로 물을 끓이다가 3번이나 감전되어 죽을 뻔하기도 했다. 기숙사는 여름에 모기가 많을 뿐 아니라 바로 옆에 쓰레기 더미가 있어 늘 바퀴벌레 떼가 우글거린다. 바퀴벌레들은 옷장과 냉장고 밑에 살고 방바닥에도 산다. 음식을 해놓고 잠시 다른 일을 보고 돌아오면 바퀴벌레가 먹고 있다. 밤에 잘 때 간지러운 느낌 때문에 깨어보면 바퀴가 귀에 들어가고 얼굴에 기어 다니는 것을 발견한다. 여름에 큰 비가 오면 기숙사 주위를 둘러싼 도랑에서 물이 차 올라와 온갖 벌레들이 기숙사에 들어온다. 겨울에는 농장주가 돈이 많이 들어간다며 보일러를 충분히 켜지 못하게 한다. 따뜻하게 보일러를 틀면 보일러 소리를 듣고 농장주가 바로 전화해 끄라고 한다. 온수가 없어 요리를 하거나 청소를 하고 나면 손이 차갑고 아프다. 농장주가 기숙사를 고쳐준다고 해도 습하고 지저분하며, 겨울에는 한파와 화재, 여름에는 홍수, 그리고 모기와 바퀴가 우글거리는 이 기숙사에서는 더 이상 살고 싶지 않다.

며칠 후 우리가 제기한 민원에 대한 답변이 왔다. 본인의 의사에 따라 진정 취하서를 제출 받은 바 있으나, 노동자가 사업장 변경 의사를 다시 표시하였기에 진정내용에 대해 계속하여 검토 및 확인 중이어서 업무 처리가 지연될 수 있다는 내용이었다. 답변을 받고 기분이 좋지 않았다. 국민신문고에는 행정처리 결과에 대해 평가하는 제도가 있다. 나는 이 제도를 이용하기로 했다. 잘 처리해준 경우는 '매우 만족'을 눌러 칭찬해주고 그렇지 못한 경우는 '불만'으로 평가하는 것이다. 나는 이 경우에 대해 '매우 불만족'으로 평가했다. '1월 6일에 고용노동부 보도자료를 통해 비닐하우스 기숙사에서 지내는 농업노동자의 경우 희망하는 경우 사업장 변경을 허용하겠다고 해놓고서 실제로는 비닐하우스 노동자의 사업장 변경을 막고 있다.'고 이유를 썼다.

오후에 고용센터 외국인 담당자가 연락해왔다. 그가 말하는 요점은 이주노동자가 거주 환경 때문에 힘든 것은 알지만 사업장 변경을 모두 허용하면 농장을 닫으라는 얘기밖에 되지 않는다는 것이었고 나는 이주노동자가 끝까지 다른 곳으로 가고 싶어 한다고 전달했다. 다음 날 오후 1시에는 이주노동자 기숙사 산재사망 대책위가 청와대 사랑채 앞에서 기자회견을 하는 날이었다. 그날 오후 노동자한테서 전화가 왔다. 고용센터 외국인 담당자와 농장주간에 이야기가 잘 되어 노동자가 오늘까지만 일하고 내일부터 사업장 변경을 할 수 있게 되었다는 것이다. 그렇게 해서 그는 다음 날 오전에 마지막 달 급여를 받고 오후에 고용센터에 가서 구직신청 절차를 밟았다. 다음 날이면 설날 연휴인데 설날 하루 전에 이 농장을 벗어날 수 있었다.

# 여전히 맞고 사는 이주노동자

이주민 상담을 하면서 가장 화나고 슬픈 일은 폭력을 당한 케이스다. 가정폭력도 많지만 이주노동자에 대한 물리적 폭력도 비일비재하다. 나는 한국사회가 특별히 폭력적이거나 폭력이 용인되는 사회라고 생각하지는 않는다. 하지만 약자, 특히 이주노동자에게 가해지는 폭력에 대한 사회적인 묵인과 방조는 나를 화나게 하고 슬프게 한다. 못사는 나라에서 왔기 때문에, 말귀를 못 알아듣기 때문에 맞아도 되는 것은 아니지 않은가?

3년 가까이 뿌리산업에 속하는 회사에서 일해 온 베트남 노동자 민씨가 있다. 뿌리산업 분야에서 5년간 종사하면 비전문취업비자(E-9)

에서 숙련기능인력(E-7)으로 변경할 수 있는 길이 열리기 때문에, 그 꿈을 이루기 위해 성실하게 일해 왔다. 하지만 그 꿈은 사내에서 있었던 폭력으로 인해 물거품이 될 위기에 처해지고 말았다. 그 회사에는 유독 폭력적인 한국인 직원이 있었다. 지난 6월 어느 날 민 씨는 그 한국인 직원에게 폭행을 당했다. 그 한국인 직원은 이전에도 한국인, 외국인 직원을 폭행한 전력이 있고 이번이 세 번째였다. 그는 민 씨를 부를 때마다 "이 새끼야", "저 새끼야"라고 불렀고 그렇게 부르지 말아 달라고 민 씨가 부탁하자 민 씨에게 다짜고짜 폭력을 휘둘렀다. 폭행을 당한 민 씨가 폭행을 저지하는 과정에서 그를 안고 넘어졌는데 어처구니없게도 쌍방폭행으로 입건되었다.

벌금이든, 실형이든 폭력에 대한 처벌을 받게 되면 숙련인력이 되고자 했던 민 씨의 꿈은 허물어질 수밖에 없다. 법은 냉정하니까. 게다가 폭력을 묵인하고 방조하는 사업장에서 더 이상 일을 할 수 없었던 민 씨가 사업주에게 사업장 변경 동의를 요청하자 사업주는 고소를 취하할 것을 강요했다. 민 씨는 폭행을 당한 몸과 마음의 상처를 치유 받지 못한 채 상대방에 대한 고소를 취하할 수밖에 없었다. 더이상 그 직장에 머무를 수 없기 때문이었다. 쌍방의 고소 취하에도 불구하고 사건은 검찰에 송치되었다. 나는 담당 검사에게 탄원서를 보냈다. 민 씨의 사정을 알리고 선처를 호소했다. 사건은 결국 기소유예 결정이 나서 A는 다행히 희망의 끈을 이어 갈 수 있게 되었다.

이주노동자를 고용하는 많은 사업장에서 폭력은 일상적이다. 호칭에서부터 욕설은 기본이고 신체적 폭력과 차별적인 처우의 폭력성 또한 흔한 일이다. 도대체 어디서부터 잘못된 건지 갈피를 잡을 수 없다. 노동을 제공하고 정당한 보수를 받기를 원할 뿐인데 이주노동자는 사람으로 대하지 않아도 된다는 생각이 왜 이렇게도 널리 퍼져 있는 것인가? 대한민국 헌법에 나와 있는 인간으로서의 권리에 대한 그 아름다운 말들은 단지 '국민'에게만 적용되는가? 이주민도 똑같은 인간의 기본권을 보장 받는 진정 아름다운 사회가 되는 길은 아직도 멀었나? 나 역시 국민이지만 이주민으로 사는 처지에서 생각이 많아진다.

# 때로는 공무원도 폭력 가해자

손과 발로 때리는 것만 이주노동자에 대한 폭력이 아니다. 이주노동자를 무시하는 말과 경멸의 시선도 우리를 너무 아프게 한다. 그 폭력은 사업주만 가해자가 아니다. 국민을 위해 봉사하는 공무원들도 때로는 그 폭력에 가담한다. 우리 이주민은 법적으로 국민이 아니기 때문일까? 2017년 4월 25일은 나에게 두고두고 잊지 못할 아픔으로 남아 있는 날이다. 너무 분해서 '출입국사무소 ○○출장소의 부당한 업무처리와 민원인에 대한 겁박 행위를 고발합니다.'라는 제목으로 민원을 제기한 날이기 때문이다.

그날 오후 산재치료 후 후유증예방 물리치료를 위한 비자기간 연장

신청을 위해 베트남 이주노동자와 나는 출입국사무소 ㅇㅇ출장소를 방문했다. 신청서를 작성하고 다른 사람들과 같이 서류를 손에 들고 긴장한 표정으로 앉아 부르는 순서를 기다렸다가 우리 차례가 되어 준비한 관련 서류를 모두 창구 담당자에게 제출했다. 그런데 창구 담당 직원은 우리에게 후유증상카드가 있는지 물었다. 그런데 몇 년 전부터 근로복지공단에서 후유증상카드는 발급하지 않고 합병증예방관리 결정 통지서를 발급하는데 출입국관리사무소 직원이 이를 모르고 오히려 큰소리를 쳤다. 그때부터 그 직원은 나를 째려보며, "묻는 말에만 대답해!" "노동자를 돕고 싶어서 온 거야 아니면 훼방하러 온 거야?"라면서 큰소리를 쳤고 그 소리가 너무 커 기다리고 있던 다른 사람들이 놀라서 다 우리 쪽을 쳐다봤다. 그 직원은 계속 나를 취조하듯이 어디 소속인지 밝히라며 명함을 달라고 했고 내가 건넨 서울시 명예시장 명함을 보더니 전화해서 확인해야겠다고 전화기를 들었다가 쾅 소리가 나도록 수화기를 내려놓았다. 그런 후 내 주민등록증을 요구해서 내가 검문을 당하는 것도 아닌데 왜 주민등록증을 요구하는지 이해가 안 됐지만 주민등록증을 보여주고 나도 그 직원에게 성함이 어떻게 되냐고 물었더니 명판을 꺼내서 내 얼굴 쪽으로 던지다시피 카운터 위에 거칠게 올려 놓으며 "여기, 여기"라고 반말을 했다. 그리고 우리에게 "뒤로 가!"라고 역시 반말로 고함을 질렀다. 그 자리에서 있는 모든 민원인의 눈이 집중되어 나는 너무 민망한 나머지 한동안 얼어붙었다.

나는 할 수 없이 뒤로 가서 다른 직원에게 이곳의 과장과 면담을 하고 싶다고 했더니 그 직원은 우리 사례를 담당한 직원이 허락을 해야만 과장과 상담할 수 있다고 했다. 당황한 나는 한동안 멍하게 앉아 있다가 담당 직원에게 다시 갔다. 그는 나 보고 또 가라고 했지만 내가 근로복지공단에 전화해서 근로복지공단의 담당자와 그가 통화하도록 했다. 그는 그제서야 나와 노동자를 과장에게 데려갔다. 그러나 과장은 서류도 보지 않고 노동자의 손가락만 보더니 손이 다친 경우에는 비자 연장을 해줄 수 없다고 했다. 내가 노동자는 6월에 다시 수술이 예정되어 있다고 했지만 판단은 출입국사무소의 몫이고 자신이 직원이라며 안 된다고 했다. 도대체 언제부터 출입국사무소 직원이 무슨 기준으로 후유증 치료 여부를 판단하는지 이해할 수가 없었다. 공단이나 병원에 전화해서 확인하는 약간의 노력도 없이 귀찮다는 듯이 자의적으로 판단하는 태도에 당황할 수밖에 없었다. 우리는 출입국 관리사무소 직원들의 고압적인 태도와 무례한 반말 큰소리치기에 겁을 먹고 출입국사무소에서 나올 수밖에 없었다.

그날 저녁 집에 와서 한참 지나도 떨리는 마음을 가라앉히지 못했다. 남편에게 털어놓지 않으면 울음이 터질 것만 같았다. 무서워서 떨리고 억울해서 울 것만 같았다. 한편으로는 기분이 너무 불쾌하고 분노가 치밀었다. 출입국사무소가 외국인을 무시하고 함부로 대한다는 것을 자주 들어봤지만 이 정도까지일 줄은 생각도 못했고 실망이 너무 컸다. 그냥 넘어가면 내 자신을 용서할 수 없을 것 같아 그날 밤에 국민신문고에 민원을 넣었다. 공무원 신분인 출입국사무소 ○○출장소 직원의 국민을 대하는 고압적인 태도와 반말 그리고 민원인을 겁박하는 큰소리치기를 고발했다. 본인이 업무를 제대로 파악하지도 못하고 민원인에게 엉뚱한 서류를 요구한 행위에 대해서 엄중히 조사해서 조치해 달라고 했다. 요구하는 서류는 없어진 서류라고 설명하려 해도 들으려 하지 않고 묻는 말에만 답하라는 등의 어처구니없는 태도로 민원인을 대하고 공단에 전화해보면 간단하게 알 수 있는 것을 민원인에게 무조건 가서 받아오라는 것이 공무원의 온당한 업무처리인지 물었다. 규정에도 없이 내 신분증을 요구하기도 하는 등 일련의 행동에 대해서 철저하게 조사해 그 결과를 알려달라고 했다.

약 2주 후 과장으로부터 연락이 왔고, 국민신문고는 온라인을 통해 '귀하의 민원업무처리 과정에서 담당 직원들의 적절치 않은 업무태도와 언행으로 인하여 귀하에게 불편을 끼치고 불쾌감을 느끼도록 한 점에 대하여 진심으로 사과드립니다. 해당 직원들에 대해서는 ○○출장소장이 직접 친절교육 및 직무교육을 실시하고 경고조치 하였습니다. 추후 유사 사례가 발생하지 않도록 전 직원 대상의 친절한 업무처리 지시 및 직무교육을 강화하는 등의 노력을 기울이겠습니다.'라고 답변했다. 그리고 추가 서류를 준비해서 출입국사무소에 방문해 과장을 찾아 달라고 했다. 내가 다시 노동자와 방문했을 때, 과장은 똑같이 건성으로 사과를 했지만 그 담당 직원은 다시 보지 못했다. 그 직원한테 사과를 받아야 맞는데 과장뿐이라 두고두고 섭섭했다.

그런 경험 때문에 나는 지금도 가끔 통역자로 노동자와 함께 출입국사무소에 방문할 때마다, 나도 모르게 거부감이 생기고 긴장되고 무섭다. 출입국 행정은 그때에 비해 많이 나아졌지만 워낙 충격이 커서 잊으려고 해도 잊을 수가 없어 세월에 맡기기로 한다. 하지만 지금 이 순간에도 어디선가 누군가에게 무시당하고 있을 이주민이 있다는 것을 생각하면 그때의 트라우마는 오랫동안 계속될 것 같다. 다만 그때 그냥 넘어가지 않고 민원을 제기한 것은 결과에 상관없이 나 자신을 지키기 위한 최선의 행위였다고 스스로 격려해본다.

# PART
# 06

# 그들을 위한
# 최소한의 안전장치

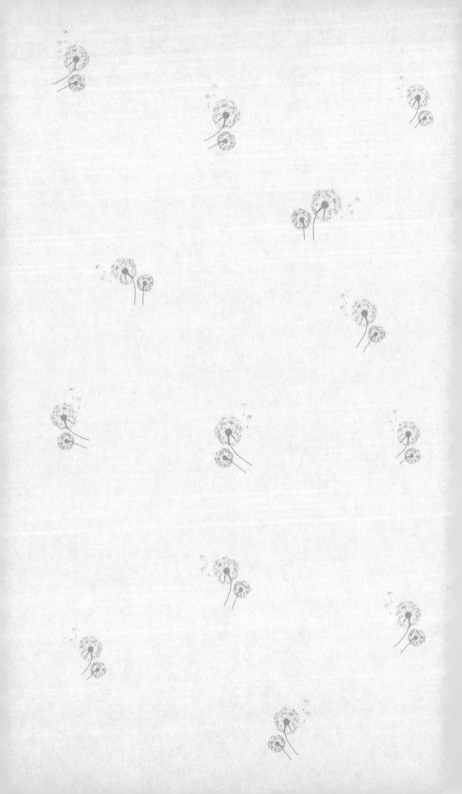

# 이주노동자의 등급 E7과 E9, 그리고 가족

짜우는 재한베트남 공동체 부대표다. 내가 2012년에 국제앰네스티의 농업이주노동자 설문조사 프로그램에서 베트남어 통역인으로 참여했을 때, 천안 아산의 한 양돈농장에서 그를 처음 만났다. 설문조사를 하며 그와 이야기를 하다 보니 베트남 이주민공동체의 필요성에 대한 뜻이 맞아 그때부터 함께 활동하게 되었다. 그는 믿음직한 사람이고 자신에게 주어진 임무라면 반드시 해내는 사람이다.

그는 양돈농장에서 돼지를 기르는 일을 한다. 매일같이 지독한 냄새를 맡으며 고된 노동을 해야 함에도 그는 늘 유머를 잃지 않았다. 그는 유머 감각이 뛰어나 무슨 말을 해도 상대방이 웃음을 터뜨리게 하는 재주가 있다. 그는 자신을 소개할 때 자신이 국제양돈협회 협회장이라고 한다. 왜냐하면 그의 밑에 캄보디아, 우즈베키스탄 등 여러 나라의 노동자들이 있어서 그렇다고 농담한다. 돼지 새끼를 받고, 밥을 먹이고 아프면 약 먹이고, 산책을 시키는 등 그에게 돼지는 청춘이고 기쁨이고 시(詩)다. 그는 페이스북에 돼지에 대한 시, 돼지 사진, 돼지에 관한 글들로 도배를 한다. 아침에도 돼지, 저녁에도 돼지 일년 내내 돼지인데도 문화 축제나 체육대회 등 행사 뒤풀이에 참여하면 늘 삼겹살을 고집했다. 그는 '한국 전통 음식'이라며 반드시 삼겹살을 먹겠다고 한다.

농부라는 직업만 보고 그가 아는 게 없을 거라고 짐작하면 큰 오산이다. 그는 글도 잘 쓰고 시도 잘 쓰고 노래도 잘 부른다. 그는 마이크만 잡으면 자연스럽게 리더로 변신한다. 우리가 진행하는 축구대회나 송년회와 같은 행사 자리에서 사회자가 오지 못하는 급한 상황에서는 늘 그가 대신 사회를 봤다. 2015년에 중국이 베트남 섬을 불법 침범한 것에 대해 한국에 살고 있는 베트남 사람들도 크게 분노했고 수원, 천안 등 곳곳에서 서울의 나를 찾아와 중국에 항의하는 집회를 열자고 제의를 해왔었다. 그 당시 불타오를 것 같은 베트남 사람들의 분노로 분위기가 뜨거웠다.

그 무렵에 우리는 이주노조가 주최하는 이주노동자 권리를 위한 투쟁 집회에 자주 참여했지만 우리 스스로 집회를 주최한 적이 없어 어떻게 해야 할지 막막했다. 동포들의 염원이라면 어떻게든 해내야 하니 이주노동자운동후원회 정영섭 사무국장님과 함께 그날 바로 종로경찰서에 가서 집회를 신청했다. 몇 명이 참석할지 몰라서 100명으로, 집회장은 영풍문고 앞이라고 기재했다. 이주노조의 이동 앰프를 빌리고 현수막과 구호, 손 피켓을 밤을 새워가며 만들었다. 다음 날인 집회 날, 영풍문고 앞의 길은 눈 깜빡할 사이에, 남녀노소 구분 없이 베트남 동포들로 채워졌다. 너무 많아서 끝이 보이지 않을 정도로 많은 사람들이 함께했다. 다른 집회들처럼 우리도 맨 처음에 집회 사유를 선언하고 난 후 구호를 외쳤다. 처음부터 사람이 많았고 멀리 퍼져 있어 마이크가 하나밖에 없는 우리는 발언하고 구호를 외치며 이쪽저쪽으로 이동해야 그들이 우리의 목소리를 들을 수 있었다. 우리가 집회 참여 인원을 100명만 신청하여 경찰이 많이 배치되지 않았는데 막상 인원이 너무 많이 모이니까 당황하여 다른 지역의 인력을 불러왔다.

집회를 몇 시간씩 진행하려면 사회자가 잘 이끌어야 했다. 이때다 싶어 짜우는 마이크를 잡고 주저 없이 아주 자연스럽게 사회를 보기 시작했다. 사람들은 그가 이끄는 대로 베트남 국가도 부르고 호찌민 주석에 대한 노래도 힘차게 부르고 구호 제창과 파도타기까지 했다. 그날 참석한 만 명에 가까운 동포를 이끌어가고 있는 그가 대견했다. 유머 감각이 뛰어남과 더불어 신기하게도 그는 속이 깊은 사람이다.

남을 배려할 줄 알고 공동체에 힘이 된다면 소매를 걷어붙이고 나서는 사람이다. 그는 동포를 사랑하는 마음 또한 남달랐다. 농축산업 종사자인 그는 한 달에 사흘만 쉴 수 있는데 공동체 활동을 위한 회의에 참석하기 위해 아산에서 매번 빠짐없이 서울로 올라온다. 재한베트남공동체 9년, 주한베트남 교민회 8년 등 장기적으로 공동체 활동을 하고 있는 그를 보면 틀림없이 애국자다. 두 단체 활동을 병행하느라 그는 자신의 월급이 깎이는 것을 감수하고 공동체 활동을 하기 위해 휴무일을 늘릴 정도로 희생정신이 투철하다.

그런 그에게도 아픔이 있다. 한국의 추위, 돼지 분뇨 냄새, 언어 장벽도 그다지 힘든 것은 아니었다. 아내와 떨어져 지내는 것, 아들들과 함께 있지 못하는 것, 그것은 한국 겨울의 살을 에는 추위보다 그를 더 아프게 한다고 했다. 그가 한국에 올 때 한 살이던 큰아이는 어느새 열세 살의 소년이 되었다. 시간이 가면 갈수록 겹겹이 쌓인 그리움은 갈망으로 변해 갔다. 채워지지 않는 갈망, 일을 마치고 숙소에 오면 습관처럼 스마트폰을 켠다. 화상통화로 가족을 만나는 시간이다. 그가 한국에서 버텨나갈 수 있는 큰 힘이 되는 시간이지만 결코 채울 수 없는 갈망을 확인하는 시간이기도 하다. 스마트폰 너머로 아이들을 만지고 안아 주고 싶지만 그럴 수 없다. 아내의 향긋한 살냄새도 잘 기억이 나지 않는다. 인터넷이라는 문명의 이기 덕분에 수천 킬로미터 밖의 긴 이별을 그도 가족들도 힘겹게 참아내고 있지만 그의 갈망은 채울 수 없다. 시간이 지나 가족들과 다시 지내게 된다 해도 그 긴 세월 동안 이미 지나버린 가족의 부재를 보상받을 길은 없다. 기적이 일어나 한 달만이라도 한국에서 아내와 아이들과 지낼 수 있기를 꿈꿨던 그의 소망은 그가 베트남에 돌아갈 때까지도 이루어지지 않았다. 왜냐하면 그는 가족의 동반이 허락되지 않는 E9 비자를 받은 외국인노동자이기 때문이었다.

짜우와 함께 재한베트남 공동체의 부대표를 맡아 활동했던 이엔의 이야기도 있다. 그는 2012년에 자동화 시스템개발 설계 엔지니어로 한국에 왔다. 대부분 E9 단순취업비자로 한국에 온 노동자들과 달리 그는 E7 숙련기술자로 왔다. 베트남 북부의 항구도시 하이퐁이 고향인 그는 하노이에서 공대를 졸업한 인재다. 또한 그는 치밀한 성격으로 공동체 운영에 늘 중심을 잡는 역할을 잘 수행했다. 그가 공동체 활동에 안정적으로 참여할 수 있었던 데에는 2013년 아내와 아이가 한국에 와서 정상적으로 가정생활을 할 수 있었던 것도 큰 이유다. 그는 한국에서 직장생활을 하며 사회통합프로그램을 이수해서 2014년에 F2 거주비자를 취득했음에도 불구하고 베트남에서 데려온 첫째 아이뿐만 아니라 2017년에 한국에서 낳은 둘째 아이도 보육비를 지원받을 수 없었다. 한국에서 회사를 다니며 남들처럼 세금을 납부하고 있었지만 외국인 자녀에 대한 보육비 지원은 전혀 없었다. 그다지 많지 않은 월급에서 주거비와 생활비 그리고 두 아이의 보육비까지 부담하는 것은 큰 부담이었다. 결국 그는 귀화를 통해 이 문제를 해결했다.

　한국은 유엔의 '아동의 권리에 관한 협약'을 비준한 나라다. 벌써 30년이나 지났다. 그동안 아동의 권리를 위한 많은 법과 제도가 시행되었고 아동 인권이 많이 개선되었다. 그러나 이것은 내국인 아동에 한정되어 있다. 아직 외국 국적의 국내 거주 아동에 대해서는 보육비 지원 등이 일부 지자체에서만 이루어지고 있다. 안산시가 가장 먼저 지원을 시작했고 조만간 서울시도 지원을 한다고 한다. 그러나 아직 멀었다. 유엔의 '아동 권리에 관한 협약'에 아동 우선의 원칙이 있다. 부모가 외국인이든, 내국인이든 아동은 그에 상관없이 똑같은 권리를 보장받아야 하는 것이 협약의 정신이다. 이는 미등록체류자의 자녀 또한 마찬가지다. 그는 내가 서울시 외국인 명예시장으로 활동할 때 이 문제에 대한 정책 제안을 해달라고 부탁했다. 이 문제는 나뿐만 아니라 많은 사람들이 제안을 했고 정책을 마련하기 위해 노력을 해왔다. 결국 시간이 걸리긴 했지만 지원을 시작하는 지자체가 조금씩 늘고 있다. 한국사회가 조금씩 좋은 쪽으로 나아지고 있어 기쁘다.

# 짓밟히는
# 이주노동자의 권리

　출국만기보험이라는 제도가 있다. 원래는 이주노동자의 퇴직금을 보장하기 위한 제도인데, 외국인을 고용하는 사업주가 의무적으로 가입하고 매월 급여의 8.3%에 해당하는 보험료를 납부한다. 이는 노동자가 1년 이상 근무하고 퇴직할 때 퇴직금을 보장해주기 위한 제도이다. 즉 노동자가 받는 이 돈은 퇴직금인 것이다. 그러나 정부는 출국만기보험을 이주노동자의 소위 '불법체류'를 통제하는 수단으로 이용하고 있다. 퇴직금 성격인 출국만기보험은 '불법체류를 방지하기 위해' 국내에서 받을 수 없고 출국 후 받을 수 있다.

　이 법에 대해 이주노조와 함께 노동자들이 조직적으로 반대 집회를 했다. 집회에 적극적으로 호응한 어느 베트남 노동자가 개인 페이스북에 글을 올려 법 개정의 부당함을 알리면서 반대 집회에 참여하자고 독려했다. 그러자 자신이 경찰서의 통역인이라는 한 베트남 결혼이주여성으로부터 대한민국에서 외국인은 정치적 행위를 하면 안 되니 글을 삭제하라는 연락을 받았다. 노동자는 그 여성의 협박에 겁을 먹어 그 후 더 이상 활동하지 않았다. 그 일을 통해 나도 외국인은 한국에서 정치 활동이 금지된다는 출입국관리법 조항을 알게 되었다. 참 세상이 부당하지 않은가? 부조리한 법을 만들고 그 법 때문에 피해를 입은 사람이 목소리를 내니 항의 금지법을 만들어 항의를 못하게 하는 것이다.

만일 일반 직장인들이 1년 이상 일한 대가로 퇴직금을 받을 때 어떤 조건이 붙는다면 무슨 생각이 들까? 퇴직금 수령에는 그 어떤 조건도 붙을 수 없는 것이 당연한 것 아닌가? 그런데 퇴직을 하고 사업장을 옮겨도 퇴직금은 영구 출국할 때까지 지급을 보류한다든지, 심지어 출국장을 나서야지만 수령을 할 수 있다든지 하는 것은 퇴직금에 대한 노동자의 권리를 전부 짓밟는 정책인 것이다. 퇴직금에는 1년 이상 근무 후 퇴직이라는 지급조건 외에 어떤 조건도 붙으면 안 된다. '불법체류' 방지라는 목적을 위해 이주노동차의 권리를 제한하는 수단을 사용하는 것은 절대 있을 수 없는 일이다. '불법체류'의 원인에 대한 근본적 해결은 미룬 채 이주노동자에게만 책임을 전가하고 있는 현실이다.

공동체 활동 중에 아쉬운 사건 하나가 생각난다. 이천에서 며칠간 농약을 뿌리다 사망한 베트남 농업노동자의 동료로부터 현장에 와달라는 연락을 받았었다. 남편이 운전해주는 차를 타고 저녁 8시경에 농장에 도착했다. 베트남 노동자들 3명이 이미 베트남 음식을 준비해 놓고 함께 저녁 식사를 하자고 했다. 밥을 먹으면서 베트남 동료가 왜 사망했는지에 대해 이야기를 나누고 있는데 갑자기 농장주가 와서 고함을 지르며 나가라고 했다. 나는 베트남 사람들한테 초대를 받았고 아무 잘못을 하지 않았는데 그런 대접을 받으니 당황스러웠다.

아직 얼떨떨한 상태에 있는데 농장주가 언제 경찰에 신고를 했는지 경찰이 달려왔다. 출동한 경찰관은 내가 무단주거침입을 하였고, 주인이 나가라고 했는데 나가지 않았으므로 퇴거불응죄에 해당하니 경찰서에 가서 조사를 받으라고 했다. 나는 초대받았다고 했지만 초대한 베트남 노동자들은 한국어를 모르고 경찰 앞에서 겁에 질려 내 말이 맞는지 확인을 해주지 못했다. 처음 겪는 상황이다 보니 어떻게 해야 할지 모르는 것은 베트남 노동자들이나 나나 마찬가지였다. 일단 잘못은 하지 않았지만 파출소에 가자는 경찰관의 요구에 협조하여 파출소에 가서 진술서를 쓴 후에 귀가했다.

며칠 후 사건의 정식 조사를 받아야 했는데 이천이 멀어서 내가 사는 곳의 관할 경찰서로 이송 신청을 했고 나는 마포경찰서에 가서 조사를 받았다. 조사 과정에서 무단주거침입과 퇴거불응에 대하여 그 숙소가 베트남 노동자들이 농장주로부터 임대했고 매월 월세를 내니 그 공간은 베트남 노동자들의 것이고 노동자의 초대받은 나는 아무 문제가 없다고 주장했다.

농축산업 외국인노동자를 고용하는 농장주들은 대부분의 경우, 숙소를 제공하고 매월 월급에서 월세를 공제하면서도 그 공간에서 친구나 친척을 만나지 못하게 한다. 반면 농장주는 언제든지 들어가도 되도록 하고 있다. 매월 월세를 내면서 그 공간에 대한 아무 권리도 없는 이주노동자들. 그 농장주는 혹시라도 내가 베트남 노동자의 사망 원인에 대해 증거나 정보를 확보할까봐 그 농장에 더 이상 접근하지 못하도록 경찰의 힘을 빌렸고 그 목적을 달성했다. 나는 그 신고 때문에 경찰 조사에 대응하느라 베트남 노동자 사망 원인에 대해 알아볼 여유가 없었고 베트남 노동자 동료들은 농장주의 협박이 무서워서 더 이상 나한테 도와달라고 연락하지 않았다. 나중에 변호사와 상담하면서 알게 된 사실인데 그날 밤에 경찰관을 따라 파출소에 가지 않았어도 되는 것이라 했다. 즉, 임의동행이라 동의하지 않으면 응하지 않아도 된다는 것이다. 뒤늦게 알게 되어 많은 아쉬움이 남았지만 한국의 어두운 면을 똑바로 볼 수 있었고 농업노동자의 현실을 잘 알게 된 게

기였다.

　그 후에도 자다가 사망한 채 발견되는 베트남 노동자들을 매년 몇 건씩 접하게 되었고 그럴 때마다 마음이 늘 착잡했다. 대부분 부검하면 사인이 '미상'으로 나온다. 한국으로 입국 전에 건강검진을 받았고 한국에 와서도 건강검진을 받은 20대 청년이 갑자기 사망했는데 원인이 '미상'이라는 부검 결과는 매번 나를 설득하지 못했다. 내가 보기엔 이 노동자들은 과로나 열악한 환경으로 사망한 것 같지만 유족이 한국으로 입국하려면 회사의 초청을 받아야 하고 유족이 증거 수집 여건이 되지 않아 사망 원인 규명 및 보상 청구에 많은 어려움이 있다. 그래서 지금까지 그 많은 '돌연' 사망 건은 대부분은 시체를 본국으로 보내고 미등록의 경우는 장례비를 공동체에서 모금하고 합법적 체류의 경우는 1천 5백만 원이 지급되는 상해보험으로 한 젊은이의 목숨을 마무리한다.

# 직업선택의 자유?
# 잔인한 고용허가제!

베트남 노동자 상담과 지원 과정에서 잊지 못할 일이 종종 일어난다. 어느 날 아침 일을 하려고 '동행' 사무실에 도착하니 베트남 노동자 한 명이 문 앞에 주저앉아 있었다. 언제부터 와있었느냐고 물었더니 새벽에 왔다고 한다. 안색이 너무 어둡고 기운이 하나도 없어 보였다. 일단 사무실 안으로 들어오게 해서 무슨 일로 찾아왔느냐고 물었더니 자기는 인천 강화도에 있는 새우잡이 배에서 일하는 선원이고 사업장을 변경하고 싶다고 하였다. 왜 거기서 일하지 않고 다른 데로 가고 싶으냐고 했더니 자기의 이야기를 하기 시작한다.

배에서 선장과 단 둘이서 일하는데 새우 철이라 하루도 쉬지 못하고 밤에도 거의 잠을 못하고 일을 해야만 했다. 그런 생활이 계속되어 피로가 쌓여서 쓰러졌고 병원에 실려 갔다. 퇴원 후 사업장으로 돌아가서 선장한테 사업장을 변경할 수 있도록 동의해 달라고 요청했더니 선장은 소주병으로 노동자의 머리를 때렸다. 다행스럽게도 노동자가 도망치는 바람에 심하게 다치지는 않았지만 사업장 변경 동의는 얻지 못했다.

　나는 노동자와 함께 강화도에 있는 사업장으로 갔다. 노동자가 일하는 곳은 바닷가에 있었는데, 집이 아주 작았고 그곳에는 젊은 선주 부부가 있었다. 선주는 일하는 사람이라고는 이 노동자 한 명밖에 없는데 그 노동자가 다른 곳으로 보내달라고 하여 엄청 화가 나있는 상태였다. 그런데 노동자가 쓰러진 것에 대해 선주가 하는 이야기를 들으면서 나는 기가 막힐 뻔했다. 그는 노동자가 쓰러진 것이 쇼를 한 것이라고 했다. 그 이유는 병원에서 정신을 차리고 난 후 노동자가 링거를 뽑고 나가버렸기 때문이었다. 나는 선주가 하는 이야기에 반박하지 않았다. 선주가 하는 말이 사실인지 따지러 온 것이 아니니까.

　노동자가 사업장 변경 동의를 받으려면 선주의 일손이 부족한 상황을 이해하고 노동자의 의무인 근로를 제공하지 못한 것에 대해 잘못을 인정해야만 한다. 그래야 선주의 마음을 얻을 수 있다. 아침부터 저녁까지 새우를 건조시키는 공장에서 일하는 선주 부부를 졸졸 따라 다니며 나는 노동자를 보내 달라고 애원하였고 노동자는 무릎을 꿇고 싹싹 빌었다. 선주의 동의가 있어야만 다른 곳으로 갈 수 있고 이 방법만이 노동자에게 제일 도움이 된다는 것은 경험으로 얻은 진리이다. 자존심이고 뭐고 다 쓸데없는 것이다. 오늘 이내에 어떻게든 노동자를 이 지옥에서 빼내야 한다는 생각밖에 없었다.

고용허가제는 이주노동자가 사업장을 변경하려면 사업주의 동의가 있어야 한다. 그렇지 않으면 임금체불이나 폭행 등을 당했다는 것을 사유로 하여 진정이나 고발을 해 혐의를 입증해야만 한다. 그래야 일자리를 옮길 수 있다. 그러려면 시간이 많이 걸리고 힘도 많이 든다. 한국어를 못하는 이주노동자에게는 권리 주장이 쉽지 않다. 이주노동자를 상담하는 사람으로서 노동자의 입장에서 제일 빠르고 편한 길을 선택해야 하니 나는 사업주의 비위를 맞추고 노동자의 잘못을 인정하면서 모든 자존심을 던져야만 한다. 건조시키는 새우도 몇 킬로를 사면서 선주 부부의 마음을 샀다. 결국 저녁때가 되어 선주 부부가 사업장 변경을 해주기로 했다. 고용허가제는 사람으로 하여금 자존심을 던져버리게 하는 제도이다. 이주노동자로 하여금 사업주에게 무릎 꿇게 하는 제도인 것이다.

몇 년 전, 김해에 있는 베트남 노동자 퐁 씨가 동료의 끔찍한 업무상 사고를 목격하고는 트라우마가 생겼다며 나에게 사업장을 변경할 수 있도록 도와 달라고 요청한 일이 있었다. 그는 2012년 4월부터 김해의 한 공장에서 4년 10개월 동안 열심히 일을 했고 2017년 1월에 출국했다가 다시 같은 회사에 재고용되어 그해 4월부터 성실근로자로 근무하고 있었다. 그는 이 회사에서 금속 케이블 생산 작업을 하는데 6년 3개월간 일하는 동안 위험한 근무환경에 대해 늘 겁이 나고 불안했으며 이제는 더 이상 못 견디겠다는 것이었다.

이 회사에는 외국인노동자 17명 정도가 같이 일을 하고 공장에는 약 40여대의 기계가 있는데 이 기계들로 인해 많은 노동자가 다쳤다고 했다. 노동자의 손가락에 금이 가거나, 철 조각이 눈에 튀기도 하고 쇳덩어리를 옮기다 척추를 다치기도 한다는 것이다. 사업주도 다친 적이 있고 한 캄보디아 노동자는 기계 오작동으로 케이블 줄이 눈에 튀어 4~6개월 치료했다. 한국인 관리자도 손가락을 다쳐 병원에서 치료를 받았는데 완전히 낫지 않았다. 최근에는 미등록체류자 베트남 동료가 일하다가 기계에 팔 한쪽이 말려들어가 통째로 잘리는 사고가 있었다. 사업주는 그 동료를 병원에 입원시켰는데 그 친구가 미등록체류자라서 의료보험 적용을 못 받게 되자 퐁 씨의 이름을 대신 사용하였다. 아무것도 모르고 있던 그는 동료 병문안을 갔다가 침대 옆에 '퐁'라는 이름이 적혀있는 것을 보고 깜짝 놀랐다. 너무나 걱정이 된 그는 한국어를 잘하는 아는 누나에게 부탁하여 자신의 이름 대신 그 동료의 이름이 사용되도록 하였다. 그때부터 사업주와의 관계도 나빠

졌다.

　그는 기계에서 계속 사고가 나고 있는데도 아무런 안전장치가 설치되지 않고, 많은 사람이 이 공장에서 사고를 당한 것을 봐 오면서 특히 최근에 친구가 그런 큰 부상을 당한 장면이 너무 끔찍해서 계속 머릿속에 떠올라 무섭다고 했다. 나는 그의 진술내용 대로 진정서를 작성하여 노동청에 접수를 도와주고, 노동청에서 출석요구가 있을 것인데 거리가 멀어 같이 출석해 주기는 어렵다고 양해를 구했다. 그러고 나서 약 2개월 후, 결과가 궁금하여 그에게 연락을 해보았다. 그는 아직 거기서 일하고 있고 사업장 변경은 되지 않았다고 했다. 그 이유는 동료의 산재 사고로 인한 트라우마는 사업장 변경 사유가 아니라는 것이다. 사업주가 동의해주지 않으면 다른 회사로 못 가는 것이다.

# 고용허가제가 합헌이라고?

2021년 12월 23일은 외국인노동자의 사업장 변경 제한을 규정한 「외국인노동자의 고용 등에 관한 법률」의 위헌 여부에 대해 헌법재판소가 판결을 내리는 날이었다. 일선에서 상담을 진행할 때마다 직장 이동의 자유를 제한하는 법 조항 때문에 외국인노동자들이 고통을 겪는 것을 보면서 늘 마음 아파하고 하루에도 몇 번씩 화가 나기도 하는 나 같은 사람에게는 아주 중요한 날이다. 법 조항에 막혀 그들을 돕기가 어려울 때마다 마음고생을 하고 있으니 말이다. 내가 다른 이주단체들과 함께 고용허가제 헌법 소원 추진 모임에 참여하고 활동하는 이유도 그 때문이다. 우리는 각 단체의 대표 총 19명으로 구성되어 2020년 말부터 회의를 시작했고 사업장 변경을 하지 못한 5개 사례들을 모아 '공감'의 변호사님이 헌법재판소에 소송을 제기했다.

2년간 이 판결을 기다렸으니 당연히 판결을 내리는 순간에 그 자리에 참석해야 한다고 생각하고 바쁜 일을 모두 제쳐두고 헌법재판소 앞으로 달려갔다. 이주노조 우다라야 위원장, 이주노동자운동후원회 정영섭 사무국장, 이주노동희망센터 송은정 국장 등 여러 이주단체 대표들이 이미 나보다 먼저 와 있었다. 코로나19 때문에 헌재가 방청객을 될 수 있으면 적게 허용하는 바람에 우리는 법원에 들어가지 못하고 정문 바깥에서 기다려야만 했다. 다행히 그날 날씨가 그렇게 춥지 않았다. 3시에 예정될 판결 낭독은 1시간이나 지났는데도 소식이 없어 다들 애가 탈 수밖에 없었다. 드디어 소송을 담당한 변호사로부터 연락이 왔다. '합헌'이라고.

들떠 있던 우리의 마음은 한순간에 가라앉았다. 판결을 기다리는 동안에 "결과가 '위헌'으로 나오면 제가 센터 문을 닫겠다."고 말한 것이 불과 한 시간 전이었는데 말이다. 위헌이 되면 외국인노동자들의 문제가 대부분 해결된다고 생각했기 때문에 한 소리였다. 그러나 '합헌'이라니, 센터를 계속 운영해야 할 수밖에. 매일 전과 같이 외국인노동자의 고통을 들어야 할 수밖에. 또다시 화가 치밀어 올랐다.

곧바로 헌재 앞에서 진행된 기자회견에 참여하여 발언했다. 화를 참지 못해 평상시에 느낀 생각을 뒤죽박죽으로 마구 쏟아냈다. "사업장 변경을 요청한 이주노동자가 고용센터에 찾아가면 고용센터는 사업주한데 가서 이야기해보라고 하고, 사업주한데 이야기하면 사업주는 짐을 밖으로 던지면서 고용센터에 가보라고 하는데, 도대체 왜 이 추운 겨울에 이주노동자를 왔다 갔다 하게 합니까? 똥개 훈련시키는 것입니까? 이주노동자가 똥개입니까?" 또 국가가 사업주의 안정적 인력 확보와 사업주의 이익을 국가의 이익으로 간주하여 사업주의 편을 들어 이주노동자의 권리를 외면하는 현실을 떠올리며 '사업장 변경이 안 되는 이주노동자를 자살까지 가게 만든 국가는 살인범이다. 사업주의 이익을 위해 이주노동자에게 강제 노동을 시켜 자살까지 가게 만든 국가가 바로 살인자 장본인이다.'라는 것이 내가 말하고 싶은 내용이었다.

하도 화가 나서 두서없이 큰소리로 외쳤는데 집에 와서 생각하니 좀 부끄러웠다. 말하는 내용에 대해 부끄러운 것이 아니라 문장의 문법이 정리가 잘 되지 않아 논리적으로 말을 못한 것에 대해 부끄러웠다. 좀 더 한국어를 잘 할 수 있었으면 여유 있게 더 날카롭게 지적할 수 있었을 텐데, 화가 나서 침착하지 못하고 흥분한 나머지 설득력 있게 제대로 의사를 표현하지 못한 것이 못내 아쉽고 마음이 답답했다.

이주민 문제 중에 제일 심각한 것은 이주노동자의 사업장 변경 제한이다. 매일 베트남 노동자들이 이 문제 때문에 힘들어하며 도움을 요청한다. 사업장 변경이 안 되어 강제 노동을 당한 사람들의 절규를 매일 접한다. 그 문제를 해결하기 위해 나도 온 힘을 다 쏟는다. 어떤 건은 해결되고 어떤 건은 해결이 되지 않는다. 기쁨과 괴로움이 교차한다. 이런 생활의 반복이 지긋지긋해서 어떻게 하면 사업장 변경 문제를 뿌리부터 해결할 수 있는지 고민하고 또 고민한다. 도움을 요청받은 건을 하나씩 해결하는 것보다 그 문제점, 그 제도를 개선하는 게 훨씬 더 효과적이라고 생각하고 늘 머릿속에서 어떻게 하면 이 제도를 개선할 수 있는지 그 방법에 대한 생각을 멈추지 않는다.

그동안 민주노총 이주노조는 고용허가제를 폐지하고 노동허가제를 주장해왔다. 사업주에게 '고용'을 허용하는 것이 아니라 이주노동자에게 '노동'을 허가하는 제도를 해달라는 것이다. 사업장을 변경하려면 사업주의 동의가 있어야 가능한 것이 아니라, 이주노동자들의 자유로운 직장 이동을 보장하는 제도를 주장하는 것이다. 그런 주장에 대해 노동부는 받아들이려는 움직임이 없고 '외국인노동자의 책임이 아닌 사유'의 범위를 고시를 통해 사업장 변경 가능성을 조금씩 확대해왔다. 민주노총 이주노조가 주장하는 것처럼 한 제도를 없애고 새로운 제도를 실행하는 것은 현실적으로 이뤄내기 힘들 것 같고, 사업주의 동의 없이 사업장 변경이 가능하도록 제도 개선을 주장하면 사업주들의 큰 반대를 맞게 될 게 뻔하다.

이주노동자의 의견을 수렴해서 내 나름대로 고민한 끝에 내린 결론은 이주노동자의 3년 동안 강제 노동을 면하기 위해 근로계약 기간을 3년에서 1년으로 정하도록 법을 개정하면 어느 정도 이주노동자의 고통이 덜어질 것이라는 생각이다. 실은 계약 기간을 1년으로 정하는 것은 고용허가제 시행 초기인 2004년부터 법이 개정된 2009년 전까지 이미 운영해왔었으나 사업주의 요구로 근로계약 기간을 3년까지 체결할 수 있도록 법을 개정한 것이다.

이 법을 다시 전과 같이 하면 사업장 변경 문제를 완전히 해결하지 못하더라도 이주노동자 강제노동을 3년에서 1년으로 줄일 수 있다. 어떤 이주노동자는 내게 "사장님이 나를 어렵게 초청해서 데려왔으니 1년이라도 열심히 일해서 보답하는 게 맞아요."라고 말한다. 모든 이주노동자의 생각이 같지 않겠지만 열악한 환경에서 부당한 처우를 3년 동안 견뎌야 하는 막막함이 많이 완화될 것이다. 그리고 사업주도 숙련된 이주노동자를 놓치지 않기 위해 이주노동자를 함부로 대하지 않게 되고 근로환경 개선에도 노력할 것이다. 정부는 이런 노력을 하는 영세 사업장에는 아낌없는 지원을 해야 한다.

평상시에 이런 고민을 갖고 있었는데 마침 2016년에 서울시 외국인 명예시장으로 위촉되었다. 나는 외국인 담당관 과장에게 이에 대한 건의문을 보내고 고용노동부에게 전달해 달라고 부탁했고 얼마 후 이런 답변이 왔다. "우선, 근로계약 기간을 1년으로 한정하는 경우 외국인노동자에게는 고용 불안정이 발생하고, 사업주에게는 계약연장(갱신), 고용연장신고 등을 반복해야 하는 불편이 따르는 등 문제로 인해 2009년에 개선하여 3년의 범위 내로 개선한 것이다. 그리고 취업활동 기간 내에서 당사자가 별도로 근로계약 체결을 할 수 있고, 계약 기간을 3년으로 하는 경우에도 불이익 처우, 근로조건 위반 등의 인권침해 행위 시 횟수와 관계없이 사업장 변경이 가능하며, 사업주가 법을 위반하는 경우 진정 등 민원 제기 등을 통해 권리구제 받을 수 있다"고. 결국 근로계약 기간을 1년으로 한정하고, 매년 갱신하도록 하는 의견을 수용하기 어렵다는 회신이었다.

얼핏 들으면 합리적 답변인 것 같다. '사업주가 법을 위반하는 경우 진정 등 민원 제기 등을 통해 권리구제 받을 수 있다.'라고 하지만 현실에서는 한국어와 법을 모르는 이주노동자는 스스로 민원을 제기해 사업주의 법 위반을 입증하지 못한다. 이주노동자의 처참한 현실을 철저하게 모른척한다는 생각이 들었다. 무거운 물건을 드는 작업을 하다가 허리 디스크가 생긴 노동자에게 무급 병가를 주고 치료한 후 다시 일하라는 사업주의 요구를 그대로 받아들이는 일선 고용센터 담당자들처럼 말이다. 부당한 처우에 대해 조금만 항의하면 무급으로 업무를 정지시키고 다시 일을 하려면 각서에 서명을 하라고 하고, 싫으면 너희 나라로 가라, 아니면 이탈신고를 해서 '불법체류자'로 만들겠다고 하는 사업주의 협박에 무너져가는 이주노동자의 비참한 현실을 알면서도 말이다.

# 그들을 위한
# 최소한의 안전장치

배에서 새우 잡는 일을 하는 젊은 베트남 노동자 딘 씨는 일을 시작한 지 이틀 만에 오른쪽 다리가 튀는 밧줄에 맞아 무릎 이하가 절단되는 사고를 당했다. 자신이 당한 상황을 받아들이기 힘들었던 딘 씨는 한 달 만에 체중이 10킬로그램이 빠졌다. 극심한 신체적, 심리적 고통보다 그를 더 힘들게 했던 것은 미등록체류자인 자신이 다친 다리를 제대로 치료받을 수 있을지, 막대한 병원비는 어떻게 감당해야 할지, 미등록체류자인 게 드러나서 그대로 추방을 당하는 것은 아닌지에 대한 걱정이었다. 그는 짙은 안개 속 같은 상황에 하루하루 불안에 떨 수밖에 없었다. 다행히 한국은 고맙게도 미등록체류자도 산업재해를 당하면 치료와 보상 등을 해주는 정책을 시행하고 있다. 그러나 한국어와 제도를 잘 모르는 이주노동자는 이런 것을 알 수가 없고 고통과 불안에 시달린다.

딘 씨도 그를 안타깝게 지켜보던 친구들이 다행히 우리 이주민센터 동행에 찾아왔다. 이런 사례를 접하면 먼저 그를 마음 편히 치료받도록 안심시켜야 한다. 선주와 수협에 연락해 산재 처리를 하도록 요청하고 병원에 가서 입원기간 연장 신청을 해서 더 이상 걱정하지 않고 편하게 치료에 집중하도록 안심시킨다. 사업주는 산재를 처리하면 미등록체류자를 채용했다는 이유로 벌금을 내야 하는 부담이 있어, 차일피일 미룬다. 다행스럽게도 권리보장 제도가 마련되어 미등록이든 합법이든 사업주가 협조해주지 않아도 산재를 당한 당사자가 스스로 산재를 신청할 수 있다. 미등록체류자들이 업무상 사고를 당했을 때 산재나 공제 적용 대상이 되어 그들을 보호해줄 인도적 장치가 있다는 것에 정말 감사한다.

이 권리가 당연히 주어진 것 같지만 그냥 주어진 것은 아니다. 1994년 10월 2일에서 7일까지 6일간 11명의 미등록 이주민 산재피해자들이 경실련 강당에서 용기를 내어 농성해 얻은 이주운동의 결실이다. 그런 의미가 깊은 역사를 이주민 재해자에게 매번 들려주고 조금이라도 그들에게 위로가 되기를 바라는 마음으로 전달하는 것이 나의 역할이자 기쁨이다.

이런 사례도 있다. 고용허가제를 통해 들어온 한 베트남 선원이 군산의 7.9톤짜리 선박에서 한국인 동료 3명과 근무하고 있었다. 새우를 잡는 계절에 선주는 운전을 담당하고 나머지 선원들은 새우 잡는 일을 한다. 그런데 두 달 전에 선주가 너무 빠른 속도로 운전을 한 나머지 배 앞쪽의 철 기둥이 쓰러져 한국인 선원 한 명의 머리에 부딪쳐 사망했고 다른 한 명은 목과 다리가 부러지고 뺨의 살이 떨어져나가는 큰 사고가 벌어졌다. 그 사고가 발생한 후, 남은 한국 선원 한 명이 그만두자 베트남 선원은 자신도 언젠가 똑같은 사고를 당하지 않을까 걱정되었다.

그는 일을 그만두고 싶었지만 선주가 동의해주지 않아 어쩔 수 없이 계속 근무했다. 근무할 인력이 모자라 선주가 한국인 한 명을 채용했고 5일 전, 즉 2020년 8월 17일 밤 새로 취업한 선원은 갑판에서 얼음 박스를 뒤로 끌다가 사라졌다. 10분 만에 보이지 않게 되었는데 헬리콥터 등 모든 수색 장비를 동원해도 아직까지 찾지 못하고 있다. 동료가 실종되는 것을 보고 베트남 선원은 겁에 질려 더 이상 배에 출근하지 않고 일을 그만두게 해달라고 요청하였으나 선주는 이탈신고를 하겠다고 말했다. 나는 일요일 오후에 도움을 요청하는 베트남 선원의 연락을 받고 다음날인 월요일에 군산 고용센터에 가보도록 안내하였다. 월요일 오전 9시 30분 다시 그 노동자로부터 연락을 받은 후, 고용센터의 직원과 직접 통화하면서 노동자의 상황을 설명하고 사업장 변경 요청하였다. 그러나 고용센터 외국인 담당 직원은 외국인 본인이 산재를 당한 것이 아니어서 사업장 변경을 직권으로 처리할 수 없다고 했다.

중대 재해와 관련하여 최근에 개정된 노동부 고시(외국인노동자의 책임이 아닌 사업장 변경 사유)를 팩스로 보내면서 내용을 확인해 달라고 한 이후에야 일이 해결되었다. 고용센터 외국인 담당자가 고시가 개정된 지 4개월이나 지났는데도 이에 대한 내용을 모르고 있었던 것이다. 어쨌든 그동안의 투쟁을 통해 작게나마 법이 개정되어 노동자의 목숨을 지킬 수 있도록 해준 수많은 인권 활동가분들께 이 글을 빌어 감사한 마음을 표하고 싶다. 갈 길이 멀지만 조금씩 상황이 개선되어가고 있는 것에 희망을 가져본다.

# 욕먹어도 좋다

나는 늘 욕을 먹는다. 이제 더 이상 욕먹는 것은 대수롭지 않고 익숙해졌다. 나는 베트남 노동자의 부탁으로 매일 사업주와 통화한다. 배 위에서 하는 일이 너무 힘들어서 견디다 못해 사업장을 이탈하여 미등록자로 전락하면서 급여와 퇴직금을 못 받았다는 선원들, 무거운 철재를 운반해 허리 디스크가 생겨 사업장을 변경해 달라는 제조업 이주노동자들, 일하다 다쳤는데 미등록체류자라 사업주가 산재처리를 해주지 않아 산재처리를 해달라는 노동자 등 별별 이유로 사업주와 매일 통화해야 하는 일상. 그럴 때마다 내가 외국인이니 나를 상대하려고 하지 않고 '한국인을 바꿔 달라.'고 하는 사업주가 있다. 내가나 말고 한국인이 없다고 해도 포기하지 않고 그럼 한국인이 언제 출근하느냐고 한다. 내일 출근하지만 상담은 내가 한다고 하면서 내가 대표라고 몇 번이나 말을 해도 받아들이는 기색이 없다. 나의 말을 들으려고 하지도 않고 내가 끼어들 틈도 없이 자기 혼자 계속 떠들다 끊어버린다. 그 후에는 몇 번 또 연락해 협박한다.

통역인으로 이주노동자의 퇴직금을 달라고 하면, 기숙사를 무료로 제공하면서 퇴직금이 없는 조건으로 처음부터 합의했다고 주장하는 사업주도 있다. 계속해서 노동자를 모른다는 식으로 발뺌을 하다가 명세서를 보내주면 '나쁜 년'이라고 하면서 화를 내며 자기의 돈을 뺏어 먹으려고 협박을 하니 경찰에 협박죄로 신고하겠다고 한다. 적반하장이라는 말은 이런 경우에 쓰는 게 딱 맞다. 자기가 협박해놓고서 남이 자기를 협박한다고 하다니 기가 막힐 노릇이다. 내가 한국인이었으면 그렇게까지 할까 라는 생각이 든다.

뱃사람들이 제일 거칠다는 말은 내 경험상 틀린 말이 아니다. 내가 상대한 사람들 중에 물론 사람 좋고 마음씨 착한 선주도 있었지만 대부분이 거친 편이었다. '이 못된 년아, 네가 뭔데 이래라 저래라야? 네까짓 게' 하며 온갖 협박을 한다. 특히 8시간 근무하는 것으로 계약해놓고서도 성어기를 핑계로 얼마든지 부려먹고 나서 최저임금밖에 주지 않아 고되게 생활하고 있는 이주노동자의 근로계약을 해지해 달라고 할 때 그 성질이 숨김없이 드러난다. 황금 알을 낳는 거위가 하늘로 날아갈까 꽁꽁 잘 묶어두어야 하는데 말이다. 자칫 한눈팔면 누군가 그 끈을 풀어 거위가 하늘로 날아가 버린다면 어쩌나?

# PART
# 07

# 작지만 절실한
# '동행'의 가치

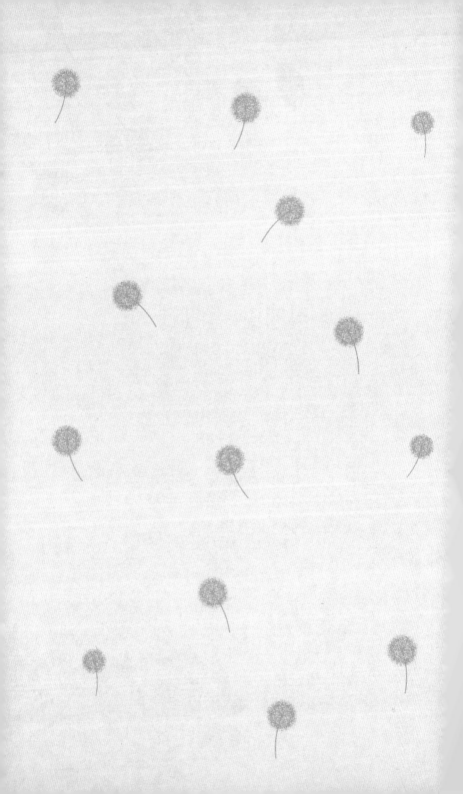

# 저요,
# 제가 통역하겠습니다

구리 이주민센터에서 근무할 때의 일이다. 그곳에서는 주로 센터 근처에서 사는 베트남 결혼이주여성을 위해 베트남어 통역 업무를 했다. 그들은 한국어 수업, 커뮤니티 모임 등 센터를 자주 이용하는 사람들이었다. 그때까지만 해도 결혼이주여성들을 만나고 그들을 위한 활동만 하던 때라 이주민이라면 당연히 결혼이주여성만을 생각했었다. 그런데 어느 날 한 베트남 여성노동자가 찾아와 울며 도움을 요청했다. "남자 친구가 갑자기 경찰에 잡혀갔는데 왜 잡혀갔는지 모르겠다."고 했다. 센터의 상담 선생님과 급히 경찰서에 가서 노동자와 면담하고 경찰로부터 이야기를 들은 후에야 그가 파업을 주동한 혐의로 연행되었다는 것을 알 수 있었다. 그뿐 아니라 다른 베트남 노동자

9명도 함께 구속 수감되어 재판을 기다리고 있는 상황이었다. 그런데 정작 당사자인 이 노동자는 자신이 왜 잡혀 있는지도 모르고 있었다.

변호사와 함께 구치소에 가서 노동자들과 면담을 하는 과정에서 당시 구속된 이주노동자들 대부분이 자신이 처해 있는 상황에 대해 제대로 파악하고 있는 사람이 거의 없다는 것을 알게 되었다. 한국어를 알아듣지 못하고 부정확한 통역에 의해 경찰 조사가 진행되면서 노동자들에게 일방적으로 불리한 상황이 벌어지고 있었던 것이다. 저임금과 부당한 대우를 개선하기 위해 시작된 180여명의 베트남 건설노동자들의 파업 사건은 8개월이 지난 일이었다. 사실 회사는 고소하지도 않았는데 경찰들이 나서서 이주노동자들이 감히 한국에서 파업한다는 것에 대해 본때를 보여주기 위한 실적 수사와 구속이었다.

재판 과정에서도 통역인이 '파업', '노조', '업무방해' 등 사건 관련 단어들을 잘 몰라 통역을 제대로 하지 못했다. 방청석에서 앉아 있던 나는 "저요, 제가 통역하겠습니다."라며 손을 번쩍 들고 일어섰다. 떨렸지만 통역을 자원한 그때 그 놀라운 용기는 어디서 나왔을까? 그 법정에 함께 앉아 방청하고 있는 한국 이주활동가들의 격려에서 나왔던 것이었다. 내가 법학을 공부해 법원에서 통역할 수 있다는 것이 얼마나 다행스럽고 그 작은 기여로 얼마나 보람을 느꼈던지. 파업으로 구속된 베트남 노동자 10명을 석방시키기 위해 날이 갈수록 많은 시민단체가 동참하였고 그 일을 계기로 나는 많은 이주활동가들을 알게 되었다. 그들은 함께 활동하면서 나에게 매번 놀라운 인권 인식을 일깨워줬다.

한편, 노동자들에 대한 1심 판결에서 업무방해죄가 무죄가 되어 잠시 기쁨을 누리기도 전에 일부 폭행죄가 성립되면서 이주노동자 3명이 집행유예를 받아 강제 추방을 당하는 위기에 처하게 되었다. 이에 건설연맹, 사회진보연대, 이주공동행동 등 20여 개 시민단체들이 연대해 인천출입국사무소로 쳐들어가 이주노동자 석방을 위한 소장 면담을 요구하면서 고함을 질렀다. 높은 사람을 상대로 고함치는 것은 나에게는 전혀 상상하지 못한 낯선 광경이었고 엄청난 충격이었다. 자유발언이라는 것이 뭔지 처음으로 알게 되는 순간이었다.

그 후에도 법원이나 출입국사무소 앞에서 투쟁 집회나 기자회견이 지속되었고 발언권을 통해 주권, 시민권을 주장하는 그들을 쉽게 볼 수 있었다. 그럴 때마다 내 의식이 깨어나는 것 같았고 온몸이 전율되며 그동안의 막힌 것이 확 풀리는 느낌이 들었다. 그동안 내가 알던 한국도 다르게 보이기 시작했다. '한국은 인권이라는 것이 실제로 있는 곳이구나.'라고 생각되어 반가웠다. 외국인도 억울하면 목소리를 내어 권리를 주장할 수 있다는 것을 그들에게서 배웠다. 그들이 불의 앞에 당당하게 맞서 싸우는 모습은 전부는 아니지만 나의 두려운 마음을 어느 정도 날려버리고 그 자리에 용기를 채워주었다. 그들은 나를 통역인으로만 아니라 자기들과 똑같은 '이주활동가'로 인정해주었고, 그것이 나를 새롭게 탈바꿈하게 만들었다. 조건 없이 이주민을 위해 투쟁하고 이주민 권리를 위해 아낌없는 사랑을 주는 그들의 모습은 너무나 존경스럽고 고마웠다. 지금도 그들은 내 인생에서 만난 제일 위대한 사람들이라고 생각하고 있다. 나는 그들을 내 롤 모델로 삼고 살아갈 것이다.

파업으로 구속된 10명의 베트남 건설노동자들의 석방을 도운 것을 계기로 이주노동자의 상황이 결혼이주여성의 상황보다 더 열악하다는 것을 알게 되었다. 결혼이주여성은 그래도 시댁이라는 울타리 안에 있고 잠재적 국민 신분으로 정부의 지원 정책의 대상이 되지만 이주노동자는 지원 정책 밖이고 연고도 없는 존재였다. 이 사실을 알게 된 후부터는 이주노동자에 대해 관심을 갖기 시작했다.

# 이주노동자 상담을 위한
# 첫걸음

베트남 노동자들의 파업 사건과 재판과정을 경험한 이후 나는 제대로 된 통번역이 필요하다는 것을 절실히 깨닫게 되었고 그때부터 여러 해 동안 법원에서 이주민을 위한 통번역 일을 해왔다. 서울, 경기, 인천 등 수도권 지역의 법원들은 거의 다 방문했을 정도로 형사, 민사 사건의 통번역 일을 하면서 여러 경험이 쌓였고 법학을 전공한 것도 도움이 되었다. 또한, 이 일을 통해 베트남 공동체 내에서 발생하는 여러 종류의 문제점들도 파악할 수 있었다. 어떤 때는 경제사건을 통역하면서 하루 종일 법원에 있었던 적도 있다.

최근에 약 10년 전에 도와준 적이 있는 아는 동생으로부터 사기사건으로 고소를 당해 어려움을 겪고 있다는 연락을 받았다. 그녀는 사건이 복잡하기 때문에 내가 꼭 통역을 해주었으면 좋겠다고 했다. 재판 날짜가 촉박하여 나는 하루 만에 사건 파일을 검토한 후 재판에 참석하게 되었다. 재판장에는 법원이 지정한 법정 통역인이 있었고 원고 측 통역인도 있었다. 하지만 재판이 진행되는 동안 통역이 막히는 일이 여러 번 있었다. 법정 통역인이 법 관련 전문 용어를 이해하지 못해 사건의 사실관계를 제대로 파악하지 못했던 것이다. 재판이 진행될수록 질의 내용은 점점 심화되었고 통역이 제대로 되지 않아 판사님조차 이 사건 내용을 도저히 파악할 수가 없는 지경이 되었다.

판사님은 재판이 진행이 안 되니 혹시 법학을 전공한 통역인이 있는지 물었고 나는 손을 들어 "접니다!"라고 대답을 하였다. 법정 통역인으로 활동한 경험도 있다고 알려드렸다. 하지만 내가 피고 측 통역인이다 보니 판사님은 내가 법정 통역을 하는 것에 부담을 느끼시는 것 같았고, 같이 간 변호사가 내가 공익단체 대표로 활동하고 있다는 사실을 얘기하면서 그때부터 판사님은 내게 법정 통역을 맡겼다. 그날의 재판은 4시간 반 동안 진행되었고 집에 올 때는 심장이 벌렁거리고 머리에 쥐가 날 지경이었으며 몸은 파김치가 되었다. 하지만 제대로 된 통역으로 작은 힘을 보탬으로써 억울한 일을 당해 몇 달 동안 불면증에 시달리던 동생이 밤에 발을 쭉 뻗고 잘 수 있겠지 하는 생각에 마음만은 뿌듯했다.

이주노동자를 돕기 위해 배워야 할 것들이 많았다. 출입국관리법, 근로기준법, 외국인노동자의 고용 등에 관한 법률, 산업재해보상보험법 등이 있고 그밖에도 사업장 변경 시 노동자 책임 아닌 사유에 관한 노동부 고시 등이 있다. 이 법들은 대부분 특별법이라 대학교에서 깊이 가르치지 않아 나의 전공은 이주노동자를 상담하고 돕는 데 크게 도움이 되지 못했다. 하지만 신기하게도 베트남 노동자들은 내가 모든 것을 안다고 생각하는 모양이다. 임금을 계산하는 법부터 사망 시 장례 절차 및 보상까지 모든 문제의 도움을 요청한다.

처음에는 해결법을 몰랐지만 포기하지 않고 끝까지 방법을 찾아내어 최선을 다하다 보니, 어느새 이주노동자의 상황을 잘 파악하게 되었고 자신감도 생기게 되었다. 내가 모든 것을 알고 있다는 이주노동자들의 당연한 기대에 맞추기 위해 노력했던 결과였다. 무엇보다도 나는 그들로부터 신임을 받게 되었다. 한편 인권단체로부터 '이주노동자를 위한 노동법'에 관한 책자의 번역 의뢰를 받고 번역된 내용을 페이스북에 '베트남 공동체의 권리를 위하여'라는 팬 페이지를 만들어 꾸준히 올렸다. 시간이 지나 수많은 베트남 노동자들이 회원으로 가입해 회원 활동 및 상담 요청을 해왔다.

# 스스로 돕는
# 이주민공동체

한국사회는 한편으로 이주민에게 가혹한 사회이기도 하지만 또 다른 한편으로는 따뜻한 사회이기도 하다. 한국사회에 이주민이 많아지면서 외국인 특히 이주노동자를 지원하는 단체가 곳곳에 설립되어 운영되고 있다. 물론 속사정을 보면 이름뿐인 곳도 있지만 나름대로 내실 있게 지원을 펼치는 단체들도 많다. 그런데 이런 외국인 지원 단체들 중 많은 수가 종교단체에 의해 운영되고 있다. 정부의 이주노동자에 대한 제도적 지원의 부족한 부분을 종교단체들이 메우고 있는 것이다. 그동안 종교단체들은 외국인노동자의 복지와 인권 문제를 돕는데 큰 역할을 해왔다. 그래서 각 나라의 공동체 자조 모임도 자연스럽게 종교단체 안에서 조직되고 활동해왔다. 그러다 보니 이주민이 독립적이고 주체적으로 활동하는 공동체는 거의 없었다.

그런데 인천 파업사건을 계기로 이주민 문제에 대해 목소리를 내야 하는 상황이 자주 있었다. 또 베트남 사람들이 많아지면서 다른 기관에 의존하지 않고 독자적인 공동체를 만들고자하는 열망과 필요성이 커져갔다. 어디에도 속하지 않고 이주민 스스로 모임의 방향을 결정하고 활동하는 공동체에 대한 이주민들의 목마름이 있었던 것이다. 때마침 나는 서울글로벌센터의 다문화학당에서 진행하는 '이주민공동체리더교육'이라는 프로그램을 알게 되어 이 수업에 참여했다. 이 수업을 통해 '참 공동체'를 만들고 활동하는 것에 대한 살아 있는 지식과 공동체 리더의 자세를 배울 수 있었다. 다음은 수료식 때 각자의 마음에 새기라고 강사님이 주신 감사패의 글이다.

"리더 ○○○은
이주민을 사랑하고 그들의 삶에 관심을 갖습니다.
이주민의 이야기를 듣고 그들과 함께 결정합니다.
이주민 속의 한 사람으로 그들의 희망과 하나가 됩니다.
이주민과 함께 일하고 함께 즐거워합니다.
공동체의 비전과 이주민의 신뢰로 일하는 사람입니다."

나는 이 강의를 통해 얻은 지식과 마음자세를 바탕으로 그동안 알음알음 함께 활동한 베트남 결혼이주여성 및 이주노동자들과 뜻을 모아 2014년 봄에 '재한베트남 공동체'를 창립했다. 민주적 공동체를 만들기 위해 20여 차례 회의를 거쳐 의견을 수렴하고 정관을 만들었다. 공동체 내에 어려움이 생겼을 때 종교단체 등 다른 단체의 도움을 받기 전에 먼저 서로 돕자는 뜻으로 '스스로 돕자'라는 슬로건을 내걸었다. 이렇게 탄생한 단체는 이후 독립적·주체적으로 활동하기 시작했다. 알고 보면 이 일이 이주민 공동체 역사에 꽤 기여한 셈이다.

서울외국인노동자센터 사무실 한쪽에서 시작한 재한베트남 공동체는 열심히 활동을 하여 베트남 이주민에게 대단한 신뢰와 호응을 받았다. 운영위원회의 모든 멤버는 별도의 직업이 있어 상근자는 나 혼자였다. 공동체 안에서 벌어지는 일은 운영위원회의 카카오톡 단톡방에서 함께 논의하고 힘을 합쳐 해결했다. 특히, 미등록체류자의 경우 미숙아를 출산하거나 질병이나 사고로 입원을 했지만 의료보험이 없어 병원비를 내지 못한 사례가 끊임없이 발생하였고, 도움을 요청해왔다. 그래서 모금을 하는데 처음에는 모금액이 많았지만 시간이 지나가면서 자주 모금하다 보니 모금액은 점점 줄어들었다. 이유는 한국에 살고 있는 베트남 사람의 숫자에 한계가 있고 기부하는 사람의 숫자도 많지 않은데 모금 사례가 너무 많기 때문이었다. 그래서 도움 요청을 받게 되면 먼저 사실관계를 파악하여 다른 사람들보다 더 어려운 상황에 처한 경우에만 모금을 하기로 했다. 적은 자원을 꼭 필요한 사람에게만 전달하기 위한 것이다.

하루에 10명 이상의 사람들로부터 "감사합니다."라는 말을 듣는 것이 당연하게 생각될 정도로 동에 번쩍 서에 번쩍 정신없이 바쁘게 움직였다. 이주민 운동쪽으로는 다른 시민단체와 연대하여 이주민의 권리를 위해 함께 목소리를 내었고, 복지 분야는 우리 안의 문제를 스스로 돕는 방식으로 운영했다. 경험이 없는 햇병아리처럼 해결하기 벅찬 어려운 상황도 심심치 않게 맞닥뜨리게 되었다. 열정 하나만으로 온라인이든 오프라인이든, 평일이든 주말이든, 밤낮 가리지 않는 동포들의 도움 요청을 받아주었고 모르는 것은 함께 배우면서 해결해 나갔다. 공동체 안에 경험자가 없다 보니 시행착오를 피하지 못했고 가끔 지나간 일을 생각해 보며 '그때 그렇게 할 걸'하고 아쉬움과 자책을 하기도 했다. 최선을 다해 노력하여 문제를 해결하고 그럴 때마다 기쁨과 보람을 느낀 적이 많았지만 늘 아쉬움이 남았다. 우리의 인력과 능력 그리고 자원이 한계가 있으니 어쩔 수 없는 일이었다. 그렇게 공동체는 성장해 나갔다.

# 베트남 공동체의 축제

공동체 활동을 하면서, 공동체가 베트남 노동자들에게 더 가깝게 다가갈 수 있는 일이 어떤 것이 있을까 고심했다. 여러 가지 아이디어를 모으던 중에 축구만한 것이 없겠다는 생각이 들었다, 베트남 사람들은 누구나 축구를 좋아한다. 한국에 와 있는 베트남 노동자들도 고된 노동과 삶을 이어가면서도 주말에 틈이 나면 삼삼오오 모여 축구를 즐기고 있을 뿐 아니라 각 지역별로 꽤 여러 팀이 결성되어 주말에 정기적으로 운동을 하고 있었다. 공동체 운영위원들은 지역별 팀을 초청하여 축구대회를 개최해서 노동자들을 하나로 단결시키고 그날 하루 넓은 운동장에서 마음껏 즐길 수 있는 자리를 마련하기로 의견을 모았다. 또한 이 축구대회를 우리 재한베트남 공동체가 추진하고 있던 베트남 오지 어린이를 위한 학교와 기숙사를 짓는 사업과 연결하면 더 의미가 있을 것 같았다. 노동자들의 스트레스를 해소하면서 건강도 향상시키고 어려운 어린이 돕기까지 하게 되니 일석삼조가 되는 보람 있는 활동이 될 것이었다.

각 지역에 구성되어 있는 베트남 축구팀과 베트남 노동자들에게 축구대회를 열자고 했더니 뜨거운 반응이 돌아왔다. 그들은 모두 함께 모여 치루는 대회를 원했지만 누가 나서서 개최하는 이가 없었던 것이다. 참가할 축구팀을 모집하는 일은 일사천리로 진행되었다. 오히려 제한된 참가팀 수로 인해 출전하고 싶어도 할 수 없는 팀까지 생겨서 아우성이었다. 그런데 정작 우리 공동체의 근심은 커져만 갔다. 아직 대회 장소를 찾지 못했기 때문이다. 오산, 안산, 인천, 부천 등에서 오는 팀들을 생각해 봤을 때, 수원 정도가 거리상 가장 적당한데, 아쉽게도 선뜻 운동장을 빌려주는 곳이 없었다. 경기장을 대여하는데도 경쟁이 치열해서 외국인공동체가 빌릴 수 있는 가능성은 더욱 희박했다. 특히 대학교 운동장은 그 학교의 학생만 빌릴 수 있어 외국인노동자는 설 자리가 없었다. 초·중·고등학교 운동장도 담당자들이 드러내놓고 표시하지는 않지만 외국인공동체에게 운동장을 빌려주는 것을 탐탁지 않게 여기는 눈치였다.

대회 날짜가 다가올수록 하루하루 애를 태우다가 수원시장님께 편지를 써야겠다는 생각이 떠올랐다. 어떻게든 부딪쳐보고 지푸라기라도 잡아보려는 심정이었다. 염태영 시장님의 페이스북을 찾아 메신저로 편지를 드렸다. 우리의 상황을 설명하고 도움을 요청했다. 그 당시 시장님은 해외 출장 중이었는데도 긴급하게 실무진에게 지시하여 수원의 한 고등학교가 우리에게 운동장을 대여할 수 있도록 주선해주셨다. 운동장 문제가 해결되었지만 후원자를 찾지 못하는 등 대회 준비에 이런저런 어려움이 많았다. 모두가 처음 해보는 일이다 보니 시행착오도 많았다. 그러나 공동체 식구들은 우리 힘으로 하나하나 만들어 간다는 자부심에 힘든 줄도 모르고 열심히 뛰어다니며 대회준비를 했다. 그렇게 우여곡절 끝에 열린 우리 공동체의 첫 번째 축구대회는 성황을 이루었다. 멋진 경기와 뜨거운 응원, 노래자랑 등 부대행사까지 모두가 즐겁고 신나는 하루였다.

대회를 통해 모인 베트남 이주민들의 십시일반 후원도 꽤 큰 금액이 되어 그해 겨울 베트남 북부 오지의 학교에 소수민족 어린이들을 위한 기숙사를 꽤 번듯하게 지어줄 수 있었다. 축구대회는 점점 더 큰 규모로 매년 가을에 개최되었고 이후 전국 각 지역별로 생겨난 여러 베트남 노동자 축구대회의 모범이 되었다.

# 발전하는
# 주한베트남 교민회

　세계 각국의 베트남 교민회는 베트남 외교부 산하 해외동포위원회에서 관리한다. 각국의 교민회는 대외적으로는 베트남의 문화, 언어, 이미지를 홍보하고 내부적으로는 교민들의 애국심을 고취하고 단결시키는 임무를 수행한다. 베트남 이민자의 숫자가 많고 역사가 오래된 프랑스, 러시아, 미국, 호주 등의 교민회는 조직이 매우 크고 활동도 활발하다. 반면 한국의 교민회는 역사도 짧고 교민사회의 구성원도 앞서 나라들과는 좀 다르다. 수교 후 약 30년 동안 한국의 베트남 교민사회는 주로 결혼이민자, 이주노동자, 유학생으로 이루어져 있다. 가족 단위 중심의 다른 나라 이민자 사회와 많이 다른 부분이다.

결혼이민자를 제외한 이주노동자와 유학생은 대부분 일정 시간이 지나면 한국을 떠난다. 따라서 교민회의 구성과 활동도 제한적이고 일부 임원 중심으로 이루어질 수밖에 없었다. 2000년을 전후로 결혼이주여성들이 대규모로 한국으로 이주하고, 2004년 고용허가제가 시행되면서 그 이전의 산업연수생에 비해 매우 많은 이주노동자가 한국으로 왔다. 소수만 있었던 유학생도 최근 10년 새 기하급수적으로 늘었다. 현재 한국에는 약 25만 명의 교민이 있어 교민회도 조금씩 자리를 잡아갔다. 교민회는 각 지역 지회의 리더로 구성된 운영위원회가 있다. 그리고 여성회 회장과 유학생회 회장이 교민회의 부회장을 맡는다. 2017년 교민회장으로 선출된 후 나는 교민회가 그동안 형식적인 행사에 중점을 두는 활동에서 벗어나 실질적으로 교민의 권익을 대변할 수 있는 조직으로 만들고자 노력했다. 그러나 선출되자마자 두 달 앞으로 닥쳐온 문화축제 준비에 앞이 캄캄했다. 전임 교민회로부터 인계받은 재정은 적자였다. 게다가 문화축제에 많은 후원을 해주던 한국의 모 기업이 후원 규모를 대폭 줄였다. 필요한 예산에 비해 턱없이 부족했다. 예산 마련은 교민회장이 된 나의 첫 임무가 되었다. 이리 뛰고 저리 뛰고 노력해서 겨우 행사를 치룰 수 있었다.

긴급하게 진행됐던 문화축제가 끝나고 나는 본격적으로 교민들의 애로사항을 상담하고 지원하는 일을 시작했다. 재한베트남 공동체 시절부터 하는 일이었으나 교민회의 이름으로 보다 범위가 넓어진 점이 달랐다. 노동자 문제, 결혼이주여성 인권문제 등 다양한 문제들을 상담하고 해결하기 위해 대사관과 교민회 조직과 연결해 해결할 수 있었다. 갑자기 어려운 일을 당한 교민, 특히 미등록 상태로 체류하다 큰 병에 걸리면 건강보험이 없어 막대한 병원비를 감당할 수 없는 사람들이 종종 도움을 요청한다. 교민회는 이럴 때 전체 공지를 통해 사연을 소개하고 모금운동을 한다. 한국의 사자성어인 십시일반이 우리 베트남 교민공동체에서 자주 실천되었다. 미숙아로 태어나 사경을 헤매던 아기가 교민들의 정성으로 건강해져서 엄마 품에 안겨서 문화축제에 와서 인사를 나눴을 때는 눈물이 펑펑 나도록 기뻤다.

문화축제, 상담, 상호부조 외에도 교민회는 지역별로 축구대회를 개최했다. 교민들을 한마음으로 묶어내는 일에 함께 운동장에서 뛰는 것만큼 좋은 일은 없다. 수도권 지역에서 시작된 교민 축구대회는 이제 전국의 각 지역마다 개최한다. 그리고 지역별로 한베가정 아이들에게 베트남어를 가르치는 수업을 열었다. 마포 은평 대림 광명을 시작으로 어린이 베트남어 교실은 코로나 전까지 전국 여러 곳에서 운영되었다.

활발한 교민회 활동를 하던 2020년 초부터 정치 활동에 참여했다. 게다가 그때는 코로나가 전 세계적으로 유행을 시작하는 시기였다. 교민회 활동도 자연스럽게 위축이 됐다. 정치 참여는 짧은 시간에 끝났지만 코로나는 쉽게 끝나지 않았다. 가면 갈수록 심해져서 어린이 베트남어 교실, 축구대회, 문화축제, 송년행사 등 모든 활동을 할 수 없었다. 교민회 운영위원회조차 모여서 할 수 없어 온라인회의를 해야 했다. 나는 교민회 활동 중에 상담 활동에 온 힘을 다했다. 코로나 상황에서 이주노동자들은 더욱 고통을 받았기 때문이다.

2021년 여름에 나는 새로운 교민회장에게 자리를 넘겨주고 무거운 책임에서 벗어날 수 있었다. 2년씩 두 번, 총 4년 동안 교민회를 통해 하려고 했던 일들을 모두 다 이룬 것은 아니지만, 그래도 내가 시작할 때에 비해 교민회는 모든 면에서 성장해 있었다. 그리고 교민회에도 젊은 유학생 출신의 인재들이 많이 들어와 점점 생동감 있는 활동을 잘하고 있어 마음 편히 물러날 수 있었다. 무엇보다 '이주민센터 동행'을 꾸려나가는 일에 전념할 수 있게 된 것이 기뻤다.

# 이주민 축제는
# 그들만의 축제인가?

외국에서 이방인으로 살다 보면 문득 고향이 사무치게 그리울 때가 있다. 마음 한구석에 자리 잡고 있다가 알 수 없는 설움이 북받치기도 한다. 다른 사람들, 다른 말들, 다른 음식들 모든 것이 나고 자란 환경과 다른 곳에 내동댕이쳐진 듯한 기분은 겪어 보지 않은 사람은 알기 힘들다. 이런 마음들을 조금이라도 달래기 위해 한국에 사는 여러 나라의 이주민 커뮤니티들은 크고 작은 행사를 한다. 넓은 광장에서 자신들의 문화를 향유하고 선주민에게 이해를 구하는 과정은 그 자체로 소중하다. 그래서 서울시에서도 1년에 한 번씩 이주민 문화행사를 공모하여 선정된 커뮤니티에 일정 금액을 지원한다.

내가 이끌던 재한베트남 공동체도 2017년에 지원단체로 선정되어 청계광장에서 다양한 볼거리, 먹을거리, 즐길 거리가 있는 행사를 개최했었고 교민회장이 된 후, 2018년에도 세종대학교에서 큰 행사를 개최했다. 행사에 들어가는 전체 비용에 비해 서울시에서 지원하는 금액은 그리 크지 않았지만 서울시에서 지원한다는 것만으로 큰 힘이 되었다. 행사 장소를 대관할 때도 서울시의 후원행사라는 점은 유리하게 작용했다. 그런데 2019년에는 행사 공모가 나올 때가 되었는데도 공고가 없어 시에 알아보니 서울시의회에서 관련 예산이 전액 삭감되었다고 했다. "이게 무슨 일인가? 그동안 우리뿐만 아니라 20여 개가 넘는 각 나라의 이주민 커뮤니티가 지원받던 사업이 하루아침에 없어지다니?" 당황스러웠다. 그래서 서울시의회의 회의록을 어렵게 찾아봤다.

자초지종을 알아보니 2017년에 우리 베트남 공동체가 청계광장에서 행사를 개최했을 때 서울시의 지원에 감사하는 뜻으로 서울시의회 의원 한 분을 초청했는데 그분이 보시기에 행사의 형식과 내용이 너무 이주민에 초점을 맞춰 진행되고 정작 서울시민은 소외되는 것처럼 비춰져서 이주민들만의 행사에 서울시의 예산을 지원하는 것이 불합리다고 판단하신 것 같았다. 서울시내 한복판에서 벌어진 이국적인 행사를 보면 당연히 그렇게 느낄 수도 있다는 생각이 들었다. 행사의 목적 중에 이주민과 서울시민의 문화교류를 증진한다는 것도 있고 그런 프로그램도 일부 있으나 한국 사람들의 참여율은 늘 저조하다. 예를 들어, 어린이 미술대회, 어린이 노래자랑에 한국 어린이들이 참여하지 않고, 한복과 아오자이를 입고 퍼레이드를 하는 행사에도 대부분의 참여자들은 외국인들일 뿐이어서 정작 한국인들로부터는 소외되고 있는 것이다. 그러나 한편으론 이주민들의 문화를 서울의 중심에서 시민들에게 보여준다는 자체도 큰 의미가 있고 1년에 한 번쯤 이주민들이 마음껏 자신의 문화를 즐기는 행사를 포용하는 것 자체가 서울시의 문화 다양성을 보여주는 것인데 그 기회조차 사라진 것이 너무 안타까웠다.

결자해지라고, 내가 다시 나설 수밖에 없었다. 그 의원님을 찾아뵙고 이주민 행사의 취지를 잘 설명 드리고 부족했던 부분, 오해가 있었던 부분을 풀었다. 그 의원님께서도 흔쾌히 다시 지원이 될 수 있도록 노력하겠다고 약속해주었다. 나는 또 내가 활동했던 서울 외국인 주민대표자회의 인권다양성분과의 정식 정책 제안으로 채택되도록 요청했다. 그런데 의외로 위원들의 반응은 냉담했다. 지금도 그 이유는 모른다. 개인적인 의견인지 아니면 지원을 받는 이주민 커뮤니티들에 대한 질시인지 모르겠지만 이주민의 인권과 문화다양성을 위해 일하는 위원들의 반응치고는 매우 놀라웠다. 우여곡절 끝에 2020년부터 지원 사업은 재개되었다. 이주민 커뮤니티들이 다시금 지원을 받을 수 있게 되었지만 코로나 대유행으로 인해 많은 행사들이 열리지 못했다. 이주민들의 문화 잔치가 다시 활발해져서 서울시민들과 함께 다양성을 나누는 자리가 되기를 기대한다.

# 외국인 주민의 시정 참여

재한베트남 공동체 활동을 하면서 운영위원들과 함께 꾸준히 이주노조(이주노동자 노동조합)가 진행하는 크고 작은 이주노동자 권리운동에 참여했다. 메이데이, 인종차별 철폐기념일 등 이주민 행사 외에 이주노동자 증언 대회 등 이주노동자의 권리를 위해 목소리를 내는 활동에도 참여했다. 그러나 우리가 투자한 시간과 노력에 비해 바라는 만큼 정책이 크게 개선되지 않고 그저 미미한 개선에 만족할 수밖에 없었다. 그때 마침 서울시의 외국인주민대표자회의 설치 및 운영과 관련된 간담회에 초대받았다. 서울시가 외국인 주민에게 지역사회 정착, 시정 참여, 정책제안 등의 기회를 보장하기 위해 외국인주민대표자회의를 만들 것이라고 했다. 간담회에는 이주민 커뮤니티 리더들과 이주전문가들이 초대되었는데, 이 기구의 참여 대상에 대한 의견을 수렴했다. 기구의 이름이 '외국인주민대표자회의'니까 '외국인주민'만이 참여해야 하지 않으냐는 의견이 우세한 분위기였다. '외국인 주민'이란 서울시 관내에 90일을 초과하여 거주하고 있는 외국인을 말하는 것이다.

나는 다수 의견과 달리 서울시에 살면서 이주민과 관련된 정책을 잘 알고 문제점을 지적해 개선정책을 제안할 수 있는 외국인이 몇 명이나 될까라는 생각이 들었다. 주위에서 보면 이주 관련 활동을 하는 이주민 커뮤니티 리더들은 대부분 서울에 어느 정도 자리 잡고 사는 귀화자들이다. 이들은 이주민을 위해 열심히 활동하고 있고 자기 동포들의 문제점이 뭔지 잘 파악하고 있는 사람들이다. 이런 사람들이야말로 외국인주민대표자로서 정책 제안을 하는데 적임자들이다. 그들을 배제하고 외국인으로만 구성된 회의가 그 목적을 이뤄낼 수 있을까? 이런 정의대로 한다면 외국인 출신으로 한국 국적을 취득한 귀화자들은 이 회의에 참여할 수 없게 될 것이다. 그들 없이 이 회의가 제대로 운영되고 이주민의 삶을 개선하는데 도움이 될까 의심하지 않을 수 없다. 그래서 그 자리에서 내 의견을 말했고 다행히 참석자들은 내 의견을 받아들여 결국에는 회의에 참여할 대상에 귀화자도 추가되었다. 그전까지는 이주민 권리를 쟁취하기 위해 집회에만 참여해온 나는 이때부터 집회 이외에 서울시의 외국인주민대표자 회의에 참여하여 이주민 정책을 제안하는 활동을 통해 이주민 권리를 위한 활동을 하게 되었다. 5년간 이 회의에 몸담았고 덕분에 적지 않은 이주민 정책을 제안할 수 있었다. 이 기간은 각 나라의 이주민커뮤니티 리더들을 만나고 교류하는 좋은 기회가 되기도 했다.

외국인주민대표자회의에서 활동하면서 다른 위원들과 함께 많은 정책제안을 했다. 회의에는 인권다양성분과, 생활개선분과, 역량강화분과 이렇게 3개 분과가 구성되었다. 나는 첫 임기 3년간은 생활개선분과, 다음 임기 2년은 인권다양성분과에 속해 활동했다. '외국인 주민 쓰레기분리배출 참여 활성화 방안' 제안부터 '다문화가족지원센터 프로그램(한국어 교실, 다문화 어린이 모국어 교실, 가족 나들이 등) 주말 확대 운영', '재외동포 및 외국인 전용 장애인 주차증 발급제도 개선', '외국인 주민을 위한 정보제공 개선(My Seoul 어플리케이션의 Push 기능을 활용해 유용한 정보를 적시에 제공)', '고용노동부고시 제2021-30호 번역, 교부, 홍보 및 교육', '노동청에 출석하는 이주노동자를 위한 통역제공', 각종 제도에 대한 개선 및 홍보 등 많은 정책을 제안했는데 그중에 제일 기억에 남는 것은 '여성 안심귀가 스카우트 제도 개선 및 홍보'였다.

서울시는 자치구별로 여성안심귀가 스카우트 제도를 운영하고 있고 서울시에 장기 체류 중인 외국인 여성도 이 제도를 필요로 하고 있지만 외국인 여성들 중 이 제도를 알고 있는 사람이 드물고 알고 있다고 해도 이용 방법을 몰라 이용을 못하고 있다. 따라서 제도 개선과 홍보를 통해 외국인 여성들도 이 제도를 활용할 수 있도록 사업을 확대하자고 제안했다. 홍보 부족으로 외국인 여성의 이용률이 매우 낮아 이를 개선하기 위해 서울시 안내책자에 홍보, 다누리*, 한울타리** 사이트에 게재 및 외국인 주민을 안심귀가 스카우트에 채용하도록 제안했다. 내가 제안한 이 정책을 서울시가 반영하겠다고 답을 받았을 때 기쁜 마음으로 그냥 지나갔는데 나중에 우연히 다음 임기에서 활동하는 대만 위원과 대화중에 본인이 안심귀가 스카우트 활동을 하고 있다는 말을 듣고 나니 그때서야 실감이 나고 무척 보람을 느꼈다. 그 위원 말로는 자기뿐만 아니라 필리핀 여성, 중국 여성 등이 자기가 속한 구에서 이 활동을 하고 있다고 하였다. 멀리서 찾을 필요 없이 요즘 나와 함께 독서 모임에 참여하는 중국인 결혼이주여성도 그 활동을 하고 있다.

---

* 다문화가족지원포털(www.liveinkorea.kr)
** 서울시다문화가족소통기관(www.mcfamily.or.kr)

# 이주민센터 동행의 탄생

2012년부터 개인적으로 운영하던 통번역센터 '동행' 일에 더해 2014년부터 2017년까지 '재한베트남 공동체' 활동, 2015년부터 시작한 서울시 외국인주민대표자회의 활동 그리고 2016년에는 임기 2년의 서울시 외국인 명예시장에 위촉되었다. 게다가 이제 교민회 활동까지 정말 몸이 몇 개라도 바쁜 시간들이 정신없이 지나갔다. 처음 한국에 올 때는 상상하지 못한 일들이 내게 일어나고 있었고 온갖 일들이 뒤죽박죽이 되기 일쑤였다. 그리고 영리를 목적으로 운영하는 통번역센터 활동과 나의 이주민 상담은 종종 내적인 갈등을 빚었다. 통역과 상담의 구분도 분명하지 않았다. 결국 통번역센터는 폐업하고 온전히 결혼이주여성과 이주노동자를 돕는 일에 전념하기로 했다. 통역업무는 개인 자격으로 법원의 통역인으로 지정되는 경우에만 하기로 했다. '통번역센터 동행'은 '이주민센터 동행'이 되었다. 그래도 일은 점점 많아져만 갔다.

이 세상에서 자기가 하고 싶은 일을 하면서 사는 사람이 얼마나 될까? 자기 전공과 관련된 일을 하고 자기 꿈을 이루며 사는 사람이 얼마나 될까? 내 주위에는 그런 사람이 많지 않다. 그런 의미에서 나는 행복한 사람이다. 나는 처음부터 어려운 베트남 사람을 돕는 삶을 살기로 결심했고 그 일을 하면서 매일 매일 행복해 하는 나를 발견한다. 낮에는 사업주와 씨름하고 이주민을 상담하고 돕는 등 늘 긴장된 시간을 보내야 하니 밤에 집에 오면 시체 놀이를 하는 날이 대부분이지만, 그 기진맥진 상태에서도 내가 느끼는 것은 따뜻함이다. '오늘 많은 좋은 일을 했구나!'라는 생각에 따뜻한 기운이 온몸으로 후끈하게 퍼져가는 느낌에 취한다. 부조리한 제도를 등에 업고 이주노동자를 괴롭히는 사업주 때문에 하루에 몇 번이나 분노가 솟아오르고 어떤 때는 도움이 되어 주지 못해 절망에 빠지기도 하는 등 하루에도 몇 번씩 기복이 심한 이 길을 선택했지만 후회를 없게 해준 그 후끈한 맛에 산다.

내가 좋아하는 일을 하면서 어려운 이주민을 지속적으로 도울 수 있는 기반이 어떤 게 있을까? 내게 맞는 자리가 이 땅에서 어디에 있을까? 끊임없이 고민했다. 공동체나 교민회 활동은 이주민과 가깝게 활동하므로 이주민에게 친근감을 주는 장점이 있지만 친목의 성격이 강해 사회적으로 이주민의 권리를 주장하는데 인정받기 어려운 측면이 있다. 체계적으로 상근하면서 급여를 받고 안정적으로 활동하는 조직 형태가 어떤 것이 있을까 여기저기 비영리 단체들을 알아봤다. 덕분에 한국에서 이주민 지원 비영리 단체들이 많이 있다는 것을 알게 되었다. 공익 활동이 많고 정부가 하는 사업에 응모해서 선정을 받아 정부로부터 지원금을 받고 운영하는 유형이 있고 종교단체에 속해, 신도들의 회비로 운영하고 있는 유형이 있다. 전자는 내게 어려워 보일 것 같고 후자는 열심히 활동해서 차츰 회원을 확보해 나가면 쉽지 않지만 시간문제라고 생각했다. 생각대로 망설임 없이 추진해나가는 결과가 현재 이주민센터 동행의 탄생이다.

# PART
# 08

# 차별 없는
# 세상을 향한 발걸음

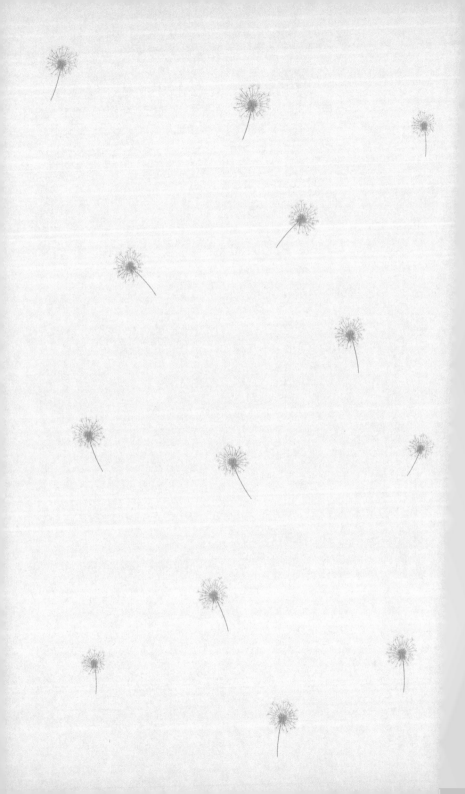

# 당신이 하고 싶어?
# 안 하면 안 되나?

2019년 초겨울에 21대 총선의 더불어 민주당 비례대표로 나갈 제의를 받았다. 나는 나 말고 뛰어난 이주민이 많은데 왜 나를 생각했느냐, 이번에 몇 명의 이주민을 영입하느냐, 나에 대해 어떻게 알기에 영입하려고 하느냐 등을 물었다. 이주민들의 활동을 검색하여 나를 알게 되었고 만약 내가 하겠다고 동의하면 더 이상 다른 사람을 찾지 않겠다고 했다. 그때부터 머릿속에서 여러 가지 생각들이 떠오르기 시작했다. 마음도 안정되지 않고 붕 떠있는 느낌이었다. 들떠있다 보니 일도 손에 잡히지 않고 감당하기 힘들어 조금이라도 마음이 가라앉히려고 회사에서 일하고 있는 남편한테 전화해 말해버렸다.

남편은 집에 가서 구체적으로 얘기하자고 했다. 그래서 남편을 기다렸다. 늦게 집에 돌아온 남편이 웃으면서 말했다. "당신 꼭 하고 싶어? 안 하면 안 되나?" 남편은 바람이 쌩쌩 부는 벌판에 알몸으로 나가는 것 같은 내가 겁나 죽겠다고 했다. 당사자도 아닌데 그렇게 겁이 나는데 나는 얼마나 불안하고 겁이 났겠는가. 남편은 만약 내가 국회의원이 되면 야당* 의원들의 공격을 받게 될 텐데 이를 어떻게 하나 걱정되어 계속 한숨을 내쉬었던 것이다.

비례대표 제의를 받고 나서 내가 지금까지 무엇을 위해 노력했는지 생각해봤다. 내 삶의 목적, 가고자 하는 방향이 어느 쪽인지에 대해서도 되돌아보았다. 그동안 서울시에서 5년째 정책제안 활동을 해왔는데 그 일은 왜 했던 것일까? 그것은 다름 아니라 이주민의 삶을 조금이나마 개선하기 위한 것이었다. 매일 일하는 현장에서 사장한테 여러 이유로 핍박을 받지만 사업장 변경이 되지 않는 이주노동자들의 고통을 잘 알기에, 가정폭력을 당하지만 체류를 위해 그리고 아이와 살기 위해 희생해야 하는 결혼이주여성들의 아픔을 알기에 모른 척할 수 없었던 것이다. 이왕 그동안 추구하고자 하는 목적과 같은 길이라면 아니 전보다 더 쉽게 그 목적을 이룰 수 있다면 왜 마다하겠는가? 포기하면 비겁한 사람이 될 것 같고 평생 당당하지 못하고 후회될

---

* 국민의힘(당시에는 야당이었다)

것 같았다. 내가 능력이 부족한 것도 잘 알고 있다. 그러면 어떠랴, 이 주민의 고통을 덜 수만 있다면 내가 용기를 내야 하지 않겠는가? 나는 지금까지 해왔던 것처럼 최선을 다하면 되지 않겠느냐고 스스로에게 용기를 주었다.

낮에는 노동자 상담, 법원 통역 등 평상시처럼 하던 일을 하며 지냈다. 그러나 밤이 되면 이 일이 생각나서 잠이 오지 않았다. 만약 내가 동의해서 나중에 의원으로 뽑혔다가 역할 수행 중에 능력이 부족하면 어떻게 하나 걱정도 되었다. 저녁에 부엌에서 요리하고 있는 아들에게 이 일에 대해 어떻게 생각하느냐고 물었다. 아들은 "엄마가 욕먹을 각오를 해야 할 것 같아. 국회의원은 욕을 제일 많이 먹는 직업이잖아."라고 했다. 그리고는 "엄마가 글쓰기 대회에서 상을 받고 유명해졌을 때, 거기까지만 될 줄 알았는데 여기까지 온 줄 몰랐어."라고 했다. 아들은 내가 숙명여대가 주최한 '나의 서울 살이' 글쓰기 대회에서 상을 탔던 것을 기억한 모양이다. 앞으로 닥칠 수많은 어려움을 어떻게 감수할지가 문제였다. 부디 내 주위에 있는 좋은 사람들의 좋은 기운을 다 모아, 그 힘이 계속 어려운 사람을 도울 수 있게 나를 안내해주고 보호해주기를 고대하며 마음을 다졌다.

드디어 나는 조심스레 정치에 첫발을 내딛게 되었고 1차 면접을 통과하였다. 하지만 40명 중에서 20명을 뽑는 경선에서는 탈락되었다는 연락을 받았다. 참담했다. 어렵사리 결정한 일이었는데 나는 그만 충격을 받고 울었다. 당 지도부는 내가 당선될 거라고 했었건만…. 남편은 떨어져서 '다행'이라고 했다. 빡빡한 일정을 내가 소화해낼 수 있을까 걱정도 되고 믿지 못한 면이 있었으니까. 솔직히 나도 그런 생각이 들 때가 있다. 고배를 마신 경험은 여러 생각이 들게 했다.

　나뿐만 아니라 다른 다문화 부문 후보들도 모두 탈락했다. 한국사회에서 이주민의 수가 많아짐에 따라 여러 사회적 문제가 발생하다 보니 당 지도부에서는 이 문제를 해결하기 위해 당사자인 결혼이주여성이 나서주기를 원했던 것 같다. 이런 지도부의 뜻을 경선에서는 받아들이지 못하고 '아직은 시기상조'라고 생각하지 않았나 싶다. 국민참여 경선과정에서도 다문화 분야 후보들은 불리한 점이 많았다. 나를 지지하고 선택하려고 했던 결혼이주여성들 중 적지 않은 여성들이 스마트폰이 남편 명의로 되어 있어 투표를 할 수 없었다. 또 스마트폰 투표방식은 그들에게 익숙치 않았다. 이주노동자들은 아예 선거권이 없었다. 다른 분야의 후보들에 비해 인지도도 부족했고 나를 알릴 수 있는 기회도 별로 없었다. 국회의원이 되어서 하고자 하는 일들을 이주 분야의 여러 활동가 선배들과 정책으로 정리해 내세웠지만 다른 모든 분야의 후보들과 경쟁해야 하는 투표방식에서 국민경선 선거인단의 선택을 받기는 역부족이었다. 이 문제를 해결하려면 시간이 필요한 것 같다.

국제사회에서의 이민정책의 실패와 다문화에 대한 부정적 인식이 갈수록 확산되는 추세다. 이주민에 대해 두려움과 혐오를 느끼는 국민이 증가하고 있는 상황에서 아직 다문화의 대표를 받아줄 준비가 되지 않았던 것 같다. 장기적인 관점에서 볼 때 국민들이 다문화를 받아들일 수 있도록 준비할 필요가 있다. 다문화인의 인권을 향상시키는 것은 제로섬 게임이 아니라 서로 윈-윈 하는 것이라는 사실을 환기시켜 국민들의 생각이 바뀌도록 하는 것이다. 아울러, 비례대표 선출에 있어서도 다문화 부문 후보의 경선에서는 일반 경쟁보다는 '장애인 부문'이나 '국방 부문'처럼 제한 경쟁을 도입해야 한다. 그래야 다문화 부문 후보가 국회에 입성할 수 있다.

이번의 실패를 통해 나는 아주 값진 경험을 했고 이 경험은 내가 더 힘찬 날갯짓으로 솟아오를 수 있는 발판이 될 것이다. 평소 존경하고 있는 어떤 분이 나에게 글을 보내왔다. "'실패는 성공의 어머니'라고 카톡 별명을 적어 놓았는데, 사실 많이 실패해 보아야 인생을 멋지게 살 수 있지요. 실패해도 넘어지지 않는 자는 언제인가는 성공할 수밖에 없으니까요." 나 역시 실패할 때마다 고달프긴 하지만 매번 깨닫게 되는 게 있다. 이렇게 마음 근육이 단련되어 가면서 더욱더 열심히 살게 되는 것이다. 나는 성공보다 행복을 택하기로 했다. 마음 편한 삶, 끊임없이 공부하는 삶, 최선의 노력을 하는 삶, 힘이 닿는 대로 남을 도와 행복하게 살아가는 삶을 누리겠다고 선회했다. 경선을 치르는 과정에서 나를 도울 생각으로 투표권도 없으면서 '선거인단에 가입해야 되지 않겠느냐'면서 적극적으로 지지에 나서준 베트남 노동자들을 생각하면 고마움에 목이 멘다.

# 짧은 좌절과
# 새로운 시작

20대 총선에서 민주당은 큰 승리를 했다. 역대 국회의원 선거에서 가장 많은 당선자를 탄생시켰다. 경선에서 떨어진 소식을 듣고 여러 가지 감정이 올라왔다. 원래 내 자리가 아닌데 괜히 나섰다가 상처만 받았다는 생각, 부족한 내 스스로가 서러워서 울음을 참을 수 없었다. 한참 울고 있을 때 박 시장님이 위로전화를 주셨다. 진심으로 안타까워 해주시고 위로 해주신 것에 지금도 감사드린다. 선거가 치러지는 동안 함께 민주당에 영입되어 선거에 나선 분들을 응원하기 위해 이곳저곳 유세장에도 가고 투표권이 있는 이주여성들에게 지지를 호소하기도 했다. 결국 선거가 끝나고 나는 본래의 자리로 돌아왔다. 다시 이주여성과 이주노동자들과 함께하는 삶으로 돌아왔다. 뚜벅뚜벅 나의 길을 걸어가기 위해.

현재 '이주민센터 동행'은 회원이 총 250명 정도인데 그중에 전국적으로 일하고 있는 노동자가 약 150명이고 마포구에 사는 베트남 결혼이주여성이 100명 정도 된다. 나는 평일에는 상담과 통역을 하고 주말에는 교육 프로그램을 진행하느라 일 년 내내 바빠서 쉴 수가 없다. '동행'이라고 이름을 지은 이유는 병원, 법원, 노동청, 외국인청, 고용센터 등과 연관된 일로 이주민이 도움을 요청하면 늘 함께하겠다는 의미다. 수시로 전국 각지의 이주노동자들이 도움을 요청하고 있으며, 특히 고용허가제 업종 중 가장 상황이 열악한 어업노동자들이 보령, 목포, 진도, 완도 등지에서 올라오고 있는데 이런 노동자들의 수는 점점 늘어가고 있다. 또한, 회원들 외에 회원의 소개를 받은 새로운 내담자들이 계속 도움을 요청하고 있어 나 혼자서 상담을 진행하기에는 역부족이고 추가 인력이 절실히 필요하다. 하루도 쉬지 못하는 나를 위해 작년부터 같은 결혼이주여성 나하늘 활동가가 일주일에 두 번씩 '동행'에 와서 봉사해주었고 올해부터는 정식적으로 사무국장 직을 맡아 일주일에 3~4일을 출근해 큰 도움을 주고 있다.

한동안 베트남 교민회장으로서 활동 범위가 전국에 걸쳐 있었고 잠깐이지만 국회의원 후보 경선에도 참여하는 등 외부 활동에 치중하다 보니 정작 내가 운영하고 있는 '이주민센터 동행'에 대해서는 그 기반을 튼튼히 하지 못했다. 그동안 상담을 계속해오면서 전국 각지의 이주민들의 사정을 듣고 문제 해결을 위해 노력해 왔지만 이제는 우리 센터가 있는 마포구에서 사람들과의 교류를 강화해야할 때가 되었다는 생각이 든다. 결혼이주여성들은 마포구 특히 망원시장 주위에 많이 살고 있는데 망원시장에서 자주 마주치지만 서로 왕래하지 않는 것에 아쉬운 생각이 들었다. 이주노동자나 유학생들은 한국에서 근무 기간이나 공부 기간이 끝나면 본국으로 돌아가지만 결혼이주여성들은 한국에서 늙을 때까지 살아갈 것이다. 이왕 타국에서 나이를 먹을 때까지 한동네에서 살아갈 사람들이니 서로 알고 지내면서 어려운 일이 있을 때 돕고 좋은 일이 있을 때는 기쁨을 함께 나누며 힘이 되어줄 수 있다면 얼마나 좋을까?

이들은 한국에 친정이나 친척이 없고 시댁식구 외에는 아는 사람이 많지 않다 보니 사회적 교류나 주변 사람들과의 왕래가 적다. 그래서 심적으로 외롭기도 하고 사회적 소속감이나 유대감도 느끼기 힘들다. 서로 의지하고 도와가면서 이들이 살고 있는 지역에 소속감을 가질 수 있도록 내가 할 수 있는 일이 무엇일까 생각하다가 이들을 서로 연결해주는 커넥터의 역할을 해야겠다고 생각했다. 대부분 평상시에 공장에 다니는 그들이 좀 더 잘 살아가도록 돕기 위해 어떤 역할을 할 수 있는지 고민을 했다. 어떻게 하면 지역사회의 자원을 잘 활용해 그들을 연계하고 그들의 자기계발을 도울 수 있을지, 어떤 프로그램을 통해 어떻게 서로 왕래하게 할 수 있을지 고민 끝에 그동안 알고 지내던 마포구 거주 여성들을 대상으로 설문조사를 했다.

그들이 함께하길 원하는 주말프로그램은 무엇인지, 아이들을 위한 프로그램은 어떤 것이 있었으면 좋을지, 여성회를 구성하여 활동하는 것에 대해서는 어떻게 생각하는지 등을 설문에 넣었다. 조사에 참여한 100여 명의 여성들은 자녀들을 위한 '어린이 베트남어 교실', '어린이 미술교실', '어린이 영어 교실' 등 자신들을 위한 것보다는 대부분 아이를 위한 프로그램을 원했고 자신들을 위한 프로그램은 '한국어 교실'이었다. 그리고 내가 짐작했던 바와 같이 그들은 여성회에 참여하기 원했다. 또 베트남 채소를 심고 가꿀 수 있는 주말농장이 있었으면 좋겠다고 했다. 나는 우리 '이주민센터 동행'을 거점으로 우리 동네에 사는 베트남 결혼이주여성들 간의 커넥터, 그리고 그들과 지역사회 자원들과의 커넥터 역할을 하기로 했다. 설문조사 결과를 근거로 주말에 그들의 아이들을 위한 '어린이 베트남어 교실', '어린이 영어 교실', '어린이 미술 교실'을 열었고 그들 자신을 위한 '한국어 교실'과 '주말농장'도 2022년 첫날부터 시작하였다.

동행센터 내의 여성회는 결혼이주여성들이 직접 회원신청서를 작성하도록 하고 단톡방을 개설해 서로 교류할 수 있도록 했다. 단톡방은 부모님 초청 절차, 구직 정보, 고향 음식 구매나 판매, 생활 정보 등 서로 필요한 정보를 주고받는 아주 유익하고 친근한 교류 공간이 되었다. 음식 솜씨가 좋은 어떤 회원이 바나나 프라이(chuối chiên), 쩨(chè), 돼지껍데기떡(bánh da lợn) 등 한국에서 구하기 힘들고 베트남 여성들이 좋아하는 베트남 음식을 만들어 단톡방에 올리면 다른 회원들이 주문을 하고, 이 회원이 주문받은 음식을 출근길에 '동행' 사무실 냉장고에 넣어두면 주문한 회원들이 퇴근길에 '동행'에 들러 음식을 찾아간다. 농사일을 좋아하는 한 회원은 원예농장에 근무하면서 틈 날 때마다 베트남 채소를 심었는데, 수확시기가 되면 그 양이 너무 많아 혼자서는 다 못 먹는다며 단톡방에 사진을 올린다. 그러면 그 채소가 필요한 회원들이 주문을 하고 그 채소들은 이번에도 역시 '동행'에서 서로 교환이 된다. '동행' 사무실의 비밀번호는 회원들이 거의 다 알고 있을 정도로 이제 이 지역 베트남 여성들의 삶의 일부가 되어가고 있다.

# 차별의 아픔은
# 내 아들도 가지고 있었다

아들이 어릴 때 다문화 자녀이기 때문에 차별받았던 얘기를 최근
에야 털어놓았다. 나는 그동안 우리 아들은 전혀 차별을 받지 않았다
고 믿고 있었는데 아들의 얘기에 충격을 받았다. 아들은 유치원 다닐
때부터 아이들과 가끔 말다툼이 있을 때면 항상 "네 엄마 외국인이잖
아."가 빠지지 않았다고 했다. 아주 어렸을 때는 엄마가 베트남 사람
인 것에 대해 아무 생각이 없었고 그것을 숨기지도 않았다. 오히려 그
당시에는 엄마가 글을 써서 상 받은 일로 뉴스에 나오는 것을 보며 엄
마가 베트남 사람인 것이 자랑스럽기도 했단다. 그런데 커갈수록 엄
마가 베트남 사람인 것을 아는 사람들과 마찰이 생기게 되면 항상 저
말을 듣게 되었다고 했다. 그러면서부터 어린 마음에 베트남과 베트

남 사람인 엄마에 대해 갈수록 부정적인 생각을 했던 것 같다.

아들이 태어난 후, 딱 한 번 베트남에 있는 외갓집으로 여행을 갔었다. 그때 아들은 베트남에 대한 그런 부정적인 생각 때문에 그곳에 있는 나의 베트남 가족들과 연관되고 싶어 하지 않았다. 그래서 아들은 만화책을 잔뜩 챙겨가서는 만화책만 보고 가족들과 교류하지 않았다. 아들은 지금에 와서 많이 아쉬워하고 있고 나는 아들이 그동안 그런 얘기를 하지 않았었기 때문에 아들의 심정에 대해 전혀 알지 못했다.

아들이 초등학생 때 시아버지가 돌아가시면서 우리 가족은 시어머니와 함께 살기 위해 멀지 않은 시댁으로 이사를 했고 아들도 전학을 가게 되었다. 유치원 때는 엄마의 출신에 대해 별 생각이 없었기 때문에 이와 관련된 욕을 들어도 그렇게 큰 상처를 받지는 않았는데, 초등학생 때는 베트남과 베트남 엄마에 대한 부정적인 생각 때문에 엄마의 출신에 대한 욕을 들으면 어린 마음에 매우 큰 상처가 되었다. 그나마 유치원 때는 아는 사람만 알고 모르는 사람은 모르고 있었는데, 초등학교에서는 왜인지는 모르겠으나 어머니가 베트남 사람인 것을 모르는 아이가 거의 없었다고 한다. 게다가 초등학생 때는 유치원 때에 비해 욕설의 수위가 더 올라가서 더욱 상처를 입었던 것 같다. 아이들에게서만 들은 것도 아니고 선생님들 중 몇 명은 아들이 글씨를 좀 못 쓰거나 수업시간에 옆 사람과 떠들었을 때 "다문화가정이라 그러냐?"며 말하기도 했다고 한다.

그런데 당시에 나는 방송대에서 공부를 하느라 바빠서 마음의 여유가 없는데다, 한국 생활에 대한 경험도 부족하고 자신감도 없다보니 아들을 이해하려고 하기 보다 야단만 쳤던 것 같다. 지금 생각하면 너무 마음이 아프다. 게다가 그때 남편은 베트남으로 장기 파견을 가 있어서 오랜 기간 얼굴도 못 볼 때였다. 그래서 아들은 나에게나 남편에게 고민을 말하기가 힘들었고, 그나마 의지할 수 있던 할머니마저 2학년 때 돌아가셔서 아들은 그 당시에 의지할 만한 어른이 없었다고 한다. 그래서 그런지 초등학교 6학년 때 서울로 전학을 왔을 때부터 아들은 그 누구에게도 자기가 다문화가정의 자녀라고 말하지 않았다. 그때부터는 아들이 다문화가정의 자녀인 것을 아무도 몰라서 다문화가정이라는 이유로 놀림을 받는 일은 사라졌다고 한다. 지금도 아들이 다문화가정인 것을 아는 친구는 한 명밖에 없다고 한다.

# 한국에 존재하는
# 다양한 차별

한국살이 26년 동안 차별받기도 하고 이주노동자와 이주여성이 차별당하는 것을 매일 상담하면서 '한국에서 이주민이 제일 차별받는 사람들이구나!'라고 생각했다. 그러나 차별금지법 제정을 위한 촉구 활동을 하게 되면서 생각이 달라졌다. 한국인인데도 이주민보다 더 미움을 받고 혐오의 대상인 존재가 있다는 것을 알게 되었다. 그들의 존재는 부정되기도 하고 병에 걸렸으니 수술을 받아야 정상이 된다고도 했다. 차별금지법은 한국에서 살고 있는 사회적 소수자들에 대한 차별을 금지하는 법이지만 처벌 조항이 없고 피해자가 차별받은 것을 진정을 했을 때 그것을 빌미로 피해자에게 불이익을 줄 때만 처벌을 하는 법이다. 장애인, 한 부모 가정, 성소수자, 외국인 등 24개의 부류에 속하는 사람들이 고용, 재화·용역의 공급이나 이용, 교육기관의 교육 및 직업훈련, 행정·사법절차 및 서비스의 제공·이용 등 4가지 영역에서 차별받을 때 이를 금지하고 평등한 사회를 만들기 위한 법이다.

이렇게 좋은 법은 당연히 쉽게 통과될 수 있다고 생각했는데 막상 촉구 활동을 하게 되니 거절을 당하는 경우가 많아 깜짝 놀랐다. 아무래도 '성적 취향', '성별정체성'이라는 내용이 기독교인들에게는 거부감이 들게 하는 것 같았다. 한국에서 살면서 느끼는 것 중의 하나가 기독교 세력이 다른 종교 보다 훨씬 사회적으로 강한 세력이라는 것이다. 조직적이고 재정도 여유가 있어 한번 움직이겠다고 마음먹으면 못 할 것이 없어 보인다. 그런 기독교가 성소수자를 쉽게 받아들이지 못하고 있다.

나는 2020년에 서울인권정책연구소가 진행하는 인권전문 강사교육을 받게 되었는데, 그때 교육 내용 중에 흥미로운 부분이 생각난다. 우리가 사는 세상에는 남자와 여자 두 가지 성별만 존재하는 것이 아니라 50여 개의 성이나 있다고 했다. 참 신기하고 멋지지 않은가? 세상은 다양한데 그동안 나는 알지 못했고 무지했다는 생각이 들었다. 그만큼 그동안 내가 접했던 교육이 그들에 대해 알려주지 않았다. 즉 세상은 그들의 존재를 외면해온 것과 마찬가지다. 얼마나 섭섭하겠는가? 태어날 때부터 나의 존재가 환영받지 못하고 인정받지 못한다면 얼마나 위축되겠는가 말이다.

내 기억을 더듬어 보니 베트남에서 자랄 때 주위에서 보았던 성소수자 한두 명이 떠올랐다. 그들은 겉으로는 여성처럼 생겼지만 여성을 좋아하는 사람들이다. 그들은 여자를 좋아하는 것을 숨기려고 애쓰지 않았다. 그들의 부모도 막으려 하지도 않고 반대하거나 부정하지도 않았다. 그들은 못생긴 나를 좋아하지 않고 예쁜 우리 아홉째 언니를 좋아해 자주 언니를 찾았다. 언니와 수다 떨며 언니를 안거나 만지는 '희롱'을 하는 등 장난치며 즐거워했던 모습이 기억난다. 그들은 언니가 호주로 이민 가기 전까지는 언니의 친한 친구였다. 맛있고 좋은 것이 있으면 언니의 것으로 남겨준다. 그들은 평범한 동네 사람으로 대접받고 살아가고 자신감이 넘쳤다. 우리 동네는 결혼식이나 잔치를 할 때 밤에 게이 몇 명을 불러 하이라이트 공연을 즐겼다. 그럴 때마다 동네 아이들과 젊은 사람들이 게이들의 공연을 보려고 모여들었다. 그들의 유연한 몸짓과 여성 목소리에 섞인 남성의 음향이 동네 사람들을 즐겁게 하였다. 한국과 비유하면 코미디언의 공연과 같은 것이다. 성소수자에 한정한다면 베트남이 성소수자에 대해 편견이 없는 것은 아니지만 한국보다 훨씬 더 개방적이고 포용적인 사회다.

정의당 장혜영 의원이 차별금지법을 발의한 후에 이어, 국가인권위원회가 평등법 시안을 소개한 때가 기억난다. 법안 내용 설명 및 로비 활동 계획을 소개한 간담회에 관심이 있는 단체와 개인 중 하나로 초대받아 참석했다. 얼마 후, 더불어민주당 이상민 의원이 이 법안을 대표 발의 준비하고 있다는 보도가 나왔고 의원 100명의 공동 발의를 목표로 한다고 하였다. 그에 맞춰 시민단체들이 국가인권위원회와 함께 현재 알고 있는 국회의원들께 이 법안을 정리하여 전달하고 공동발의 의사를 확보하기 위한 움직임에 애를 쓰고 있다. 그 당시 나는 차별금지법 제정 이주연대에 속해 있었는데 20대 총선 때 인재영입으로 당선된 더불어 민주당 초선 의원 중 알고 지내던 이들에게 모두 연락해 법안을 전달했다. 민주당 지도부에게도 어떻게 하면 이 법안을 당론화 할 수 있는지 문의했다. 그 당시에 최고 위원 선거가 있었는데 8명의 최고 위원 후보에게도 직접 연락해 이 법안에 대해 어떤 생각을 갖고 있는지 질문했다. 그랬더니 그 중 한 분은 자신이 천주교인, 한 분은 기독교인이라 이 법안에 찬성할 수 없다고 했다. 다른 두 분은 찬성하고 나머지 분들은 답이 없었다. 신임 국회의원들은 한두 분을 제외하고는 이 법안에 대해 별 관심이 없거나 '시기상조'라고 반대했다.

나는 이 활동을 통해 한 가지 사실을 깨달았다. 이 법안은 일부 반대편이 '사회적 합의'가 필요하다는 주장을 계속하고 있지만 이는 핑계일 뿐이라는 것이다. 사실상, 기독교인이나 천주교인 국회의원의 반대가 더 무서운 것이고, 성(城) 밖이 아닌 성 안에 반대가 존재하고 있어 이것이 넘기 힘든 문턱이라고 생각한다.

# 차별금지법 제정을 위해
# 싸우는 사람들

2022년 5월 26일 새벽 3시. 미류 활동가(차별금지법 제정 연대 책임 집행위원)의 글이 올라왔다. 46일 단식 투쟁을 중단하기로 한다는 소식. 내가 느끼는 감정은 안도감, 아쉬움, 고마움, 사랑, 기쁨, 감동.

미류 씨와 종걸 씨(차별금지법 제정 연대 공동대표)가 국회 앞에서 단식 투쟁을 시작했을 때부터 쭉 지켜봤고 매일 미류 씨가 올린 글을 봤다. 바쁜 일상 속에 그들의 활동 소식 들을 때마다 투쟁에 함께 힘을 보태지 못한다는 것에 늘 죄책감을 느꼈다. 특히 강원도 등 멀리서 사람들이 와준다는 글을 읽게 되면 농성장과 가까운 곳에 사는 나는 더더욱 그랬다. 이런 죄책감 때문에 나는 지난 2주간 시간을 내서 동조단식에 동참해 힘을 보탰다.

나는 우리 센터에서 활동 중인 나하늘 활동가와 함께 뜨거운 햇빛에도 끄떡없는 논라(베트남 모자) 2개를 챙겨 국회 앞에 있는 농성장으로 향했다. 가는 길에 지하철에서 우리끼리 이런 말을 주고받았다. "한국인들이 권리를 쟁취하기 위해 단식을 한 달 넘게 하고 있는데, 전국에서 매일 각계각층이 동참하는데 이주민인 우리가 그냥 '구경하면서 떡이나 얻어먹기'만 하면 안 되지. 비겁하지. 뭐 그런 말이 있지 않은가? '순망치한 Môi hở răng lạnh'이라는 말 말이야. 왜 미국의 코리아타운의 비극에 대한 이야기가 있지 않은가? 한국인들이 백인과 같은 부류라고 생각해 흑인이 인권 운동할 때 연대하지 않고 있다가 나중에 흑인들한테 공격받아 한 달 동안 약탈을 당해도 백인 경찰한테 보호를 받지 못한 후에야 그때부터 한국인이 미국 사회에서 어떤 위치에서 있는지, 어디에 속하는지 깨닫게 되는 교훈. 이 교훈을 통해 우리도 한국에서 사회적 소수자들과 연대해야 해. 그들이 안전해야 우리도 안전하고 그렇기 위해서는 그들이 투쟁할 때 우리도 투쟁하고 그들이 앞으로 나가면 우리도 함께 같이 가야 하는 거야."라고.

나하늘 활동가와 나는 국회 앞에 있는 담벼락 옆에 다른 단체에서 온 활동가들과 각자가 쓴 구호를 적은 플래카드를 세워 나란히 앉아

동조 단식을 함께했다. 우리에게는 투쟁의 결과도 중요하지만 '함께한다.'라는 것에 더 큰 의미가 있었다. 마음 같아서는 매일 농성장에 달려가고 싶었지만 동행 센터에 급히 처리해야 할 상담 건이 너무 많아 정신을 못 차리는 와중에 새벽 3시경 졸린 눈을 비비며 페이스북을 훑어보다 미류 씨의 글을 보게 된 것이었다. 단식 중단 소식을 접한 나는 정신을 확 차리게 되었다. 안도감과 아쉬움… 그가 무사히 별 탈이 없고 건강을 회복하고 있다는 안도감. 단식 투쟁은 끝났지만 그들의 발자국 속에 적지만 우리의 발자국도 있다는 사실에 대한 뿌듯함. 온몸을 바쳐 46일 동안 단식한 두 활동가를 비롯한 운동 진영의 끊임없는 투쟁에도 불구하고 법이 제정되지 못했다는 아쉬움.

미류 씨의 글 중에 나에게 큰 여운을 남긴 글이 있다. '오늘 이렇게 단식 투쟁을 마무리하지만 저는 오늘 이 자리가 더 너른 싸움을 시작하는 또 다른 자리라고 생각합니다. 우리는 이미 평등을 알아버렸기 때문입니다. 어딘가에 우리가 혼자 있더라도 더 이상 우리가 혼자가 아니라는 사실을 알고 있습니다. 더 너른 세계에서, 더 깊숙한 일상에서, 우리는 또다시 평등을 틔우는 싸움을 할 것입니다.' 하얀 민들레꽃 씨앗이 흩여져 하늘 높이 날아가는 모습이 떠올랐다. 마치 민들레꽃의 씨앗들이 평등 씨앗처럼 여기저기 널리널리 높이높이 퍼져나가, 길을 걸어가는 누군가의 어깨에 살며시 내려앉아 속삭인다. '차별금지법이 있는 나라를 만들자고.'

# 정(情)으로 보듬는 공동체

한 사람의 인간관계가 얼마나 넓은지는 명함의 양이 말해준다. 베트남에 있을 때는 남편이 갖고 있는 명함들을 볼 때마다 부러웠다. 나도 명함이 있었으면 얼마나 좋을까 부러워하곤 했다. 언제부턴가 내가 받아서 갖고 있는 명함이 남편보다 훨씬 더 많아졌다. 그 명함이 하나둘씩 늘어나면서 나의 자신감도 조금씩 늘어나기 시작했다. 나는 어느새 다양한 한국인을 만나서 관계를 맺고 있었다. 남편과 정치에 대해 논쟁하는 나를 발견하고는 스스로 놀란 적도 있다. 인맥은 한국인들에게는 성공에 필요한 열쇠이지만 남편 외에는 연고가 없는 나에게는 타국 땅에서 든든한 뿌리를 내릴 수 있도록 사회적으로 균형을 잡아주고 자신감과 마음의 평온을 가져다주는 버팀목이다. 다시 말하자면 나에게 정착의 성공기준은 돈을 많이 버는 것도 아니고, 높은 위치에 올라가는 것도 아니다. 나에게는 얼마만큼 이 땅에서 사람들과 관계를 맺고 있느냐이다. 인맥을 쌓고 넓히는 것, 그게 나의 성공이자 행복이다.

경찰, 정치인, 대학교수, 의사, 노동청 관계자, 근로복지공단, 기자, 이주활동가, 시청 공무원 등의 명함이 명함첩 세 권, 종류별로 분류한 것이 한 박스나 된다. 통장에 가득히 쌓인 인맥 저금통인 셈이다. 그런 점에서 한국 남편과 헤어지면서 한국과 연결된 끈이 끊어져 사회적 소속감을 느끼지 못하는 결혼이주여성은 얼마나 불안해할까? 모국 출신 친구들과 관계를 맺고 사회적으로 소외되는 이들을 정(情)으로 보듬어줄 공동체가 필요하지 않을까? Compassion은 다른 사람의 고통이나 괴로움에 마음이 움직여 그 고통을 덜어주고 싶은 느낌이나 감정, 그리고 행동을 뜻한다. 내가 운영하는 이곳 '동행' 또한 이런 의미를 지녔다.

이주민센터의 운영에 한국의 사회적 구조가 아주 큰 도움을 주기도 한다. 근무하면서 부당해고나 부당업무정지를 당하면 지방노동위원회에 구제신청을 하고 급여가 250만 원 이하면 무료로 대리인을 선임할 수 있다. 노동자가 임금체불을 당했을 때 노동청에서 해결이 안 되면 법률구조공단을 통해 무료로 민사소송을 맡길 수 있다. 정부가 운영하고 있는 법률구조공단뿐만 아니라 돈이 없는 어려운 사람을 위한 법률구조재단도 있다. 피해자가 경제적으로 어렵다면 무료로 소송 지원을 받을 수 있는 한국의 약자를 위한 사회적 제도가 이주민에게도 크게 위로가 된다. 나는 이런 사회적 구조를 아주 높이 평가하고 고마운 마음으로 이주민을 위해 최대한 활용하고 있다.

# 이주민이 조금은
# 편안해 질 수 있는 자리

들판으로 소를 몰고 다니던 새까만 얼굴, 마른 몸에 키만 훌쩍 큰 어린 여자 아이, 새하얀 아오자이 교복을 입고 낡은 자전거를 타고 친구들과 재잘거리며 학교에 다니던 여학생. 만난 지 얼마 안 된 외국 남자와 사랑을 하고 결혼을 하고 나를 품고 있던 대지를 박차고 낯선 세상으로 떠나온 지 26년. 남편의 귀국 일정에 맞추느라 안녕이란 말도 못하고 떠나온 고향 집.

3년 전에 고향 집에 다시 갔을 때 많은 것이 변해 있었다. 큰길에서 집으로 가는 작은 숲길은 더 이상 작은 길이 아니었다. 길옆의 나무들은 베어지고 그 자리에 콘크리트로 포장된 널찍한 길이 나를 맞았다. 어머니, 아버지가 돌아가신 후 큰오빠는 집을 거의 새로 짓다시피 고쳐서 알아보기조차 힘들었다. 오랜만에 만난 언니 오빠들도 반갑지만 어색했다. 고향 집도 변하고 친정 식구들도 변하고 나도 변했다. 더 이상 철부지 과수원집 막내딸은 그곳에 없었다.

낯설고 두려운 세상에서 아내로, 엄마로, 그리고 이주활동가로 살아온 긴 시간. 이제 조금은 단단해지고 용감해진 사람으로 마주한 고향. 항상 그리웠던 그곳이지만 이제 나의 자리는 그곳에 없었다.

그렇다고 남편이 있고 나의 아이들이 태어나 자란 이곳도 아직 완전한 나의 자리는 아니다. 어쩌면 이주민은 영원히 어느 쪽에도 뿌리내릴 수 없는 운명을 가진 사람들인지도 모른다. 이제 베트남에서 살았던 시간보다 한국에서 살았던 시간이 더 길어졌지만 나는 아직도 이방인이다.

그래도 나는 지금 나의 자리가 마음에 든다. 서러움에 눈물도 많이 흘리고, 분해서 잠 못 자는 날도 많았지만 나는 나의 길에서 열심히 살아왔기 때문에 후회하지 않는다. 커다란 벽 앞에 겁이 나서 움츠러들던 순간에도 나는 조금씩 용기를 내어 앞으로 나왔다. 앞으로 나와 생긴 빈자리가 나 같은 이주민이 조금은 편안해 질 수 있는 자리였다고 믿으니까.

# 언제 우리 아이들이
# 나의 말을 할 수 있을까?

(숙명여대 아시아여성연구소 주최 모국어로 쓰는 '나의 서울살이' 공모전 우수작)

저는 한국 사람과 결혼해서 한국에서 산 지 10년이 되었습니다. 그동안 의사소통 문제, 문화와 관습의 차이 등 여러 가지 어려움이 많았지만, 살다보면 차츰 적응이 되었습니다. 좋은 엄마, 좋은 아내가 되기 위해 한국어와 한국 문화를 열심히 공부했고, 베트남에서 못 다한 공부를 위해 지금은 방송대학교에 다니고 있습니다. 그렇지만 한 가지 아쉽고 슬픈 일이 있습니다. 그것은 바로 제 아이들이 엄마 나라의 말을 하지 못한다는 것입니다. 지금 8살인 아들과 6살인 딸은 태어나서 딱 한 번 엄마의 나라 베트남에 다녀왔습니다. 그것도 겨우 일주일 정도의 시간이었습니다. 베트남에 있는 동안 불행히도 베트남에 대해 좋은 인상을 갖고 돌아오지 못한 것 같습니다. 한국에서 태어나 자란 우리 아이들에게 베트남은 엄마의 나라이기보다는 그저 낯선 외국, 말도 안 통하는 그런 불편한 나라일 뿐이었겠지요.

아이들이 점점 자라는데 베트남어를 못해서 엄마와 '엄마의 말'로 대화하지 못하는 현실이 제게는 참 견디기 힘든 상황입니다. 아이들을 사랑하는 제 마음을 한국어만으로는 다 표현이 안 되어 답답하고 한국어로만 아이들과 대화하다 보니 내 아이들이지만 가끔 낯설게 느껴지기도 합니다. 그럴 때마다 내 자신을 책망하고 스스로에게 화가 나서, 왜 내가 엄마의 권리를 싸워서 찾지 않을까 생각해 보지만 사실 제가 아무리 노력해도 제 능력으로 아이들에게 베트남어를 가르쳐주는 것은 역부족인 것 같습니다.

혼히 국제결혼 가정에서 태어난 아이는 모두 엄마 나라의 말과 아빠 나라의 말 두 가지 모두 할 수 있다고 생각하지요. 하지만 현실은 그런 것 같지 않아요. 대부분의 한국 남편과 시부모는 자기 아내, 자기 며느리가 손자들에게 엄마의 언어를 가르치는 것을 원치 않습니다. 첫째 이유는 아이들이 한국어를 배우는 데 지장을 받고 학교에 가서 수업을 따라가지 못하고 친구들 사이에서 차별과 따돌림을 당할까 봐 걱정하기 때문이고, 두 번째 이유는 베트남어와 베트남 문화보다 한국어와 한국 문화가 월등하다고 생각하기 때문입니다. 제 시부모님은 "베트남어 가르쳐서 뭐해니? 베트남어 가르치는 것보다 차라리 영어나 가르쳐줘라."라고 말씀하십니다. 제 시부모님만 그렇게 생각하는 것이 아니라 대부분의 한국 사람이 그렇게 생각하는 것 같습니다. 베트남이 한국에 비해 경제적으로 뒤떨어진 나라이기 때문에 더욱 그렇게 생각하는지도 모르겠습니다.

언어는 민족의 영혼이고 언어가 존재해야 민족이 존재합니다. 한 나라의 언어를 무시하면 그 나라를 무시하는 것이고, 그 민족과 민족의 영혼을 무시하는 것입니다. 한국 사람이 베트남에 대해 언급할 때면 꼭 빠지지 않는 것이 전쟁과 가난입니다. 그리고 가끔 방송에 나오는 베트남 관련 프로그램에서는 일부러 베트남의 그런 분위기를 드러나게 제작해서 동정심을 유발합니다. 그리고 결혼이민여성도 원래 살아온 생활방식과 문화가 있는데도 불구하고 전혀 인정하지 않고 무시해 버립니다. 그저 한국사회에 완전히 동화되어 좋은 며느리, 좋은 아내가 되기를 강요하는 분위기입니다. 한국 문화와 관습 중에서도 지금은 시대에 뒤떨어져 한국 여성에게조차 요구할 수 없는 것을 이주여성이 한국 문화를 잘 모른다는 평계로 강요하기도 하지요. "로마에 왔으면 로마법을 따라야 한다."는 것은 결혼이민여성의 원래 뿌리를 애써 부정하는 것입니다.

가정이나 사회에서 베트남에 대해 좋지 않은 시각을 갖고 있으니, 그들의 2세들이 자라나서 베트남에 대해 어떤 생각을 하겠습니까? 그들도 마찬가지로 베트남 사람과 문화에 대해 좋지 않은 생각을 갖게 되어 되도록 엄마가 베트남 사람이라는 것을 숨기고 싶어 하지 않을까요? 저의 아이들도 이런 문제를 피해가지 못했습니다. 제 아이들이 자신이 혼혈이라는 것을 아직 받아들이지 못하고 이를 부인할 때마다 제가 열심히 설명하곤 합니다. "네 몸속에 두 가지 피가 흐르고 있어. 하나는 베트남이고, 하나는 한국이지. 그래서 너는 한국 사람일 뿐만 아니라 또한 베트남 사람이다." 그러면 아이는 몇 마디 반론을 말하지만 제가 확고한 태도를 보여주면 가만히 있어서, 아이가 이해한 줄로 알았지요. 시간이 좀 지나 다시 이야기해 보면, "나는 한국 사람이지 베트남 사람이 아니에요."라고 합니다.

아이들 입장에서 받아들이기가 어려운 문제라는 것은 저도 이해합니다. 그렇지만 큰아이에게 베트남어를 공부해야 베트남에 갈 때 베트남 친척과 이야기할 수 있다고 하면 아이는 제 마음을 찢어지게 하는 말을 내뱉습니다. "싫어! 나 베트남어 배울 필요 없어. 베트남에 안 갈 거야. 베트남은 덥고 지저분하고 불편하단 말이야." "맙소사! 세상에! 내가 어떻게 해야 되지? 우리 아이가 어떻게 깨닫게 할 수 있지?" 제 아이에게 베트남 피가 자기 몸에 흐르고 있다는 것을 창피해 할 필요가 없고 두 나라의 언어와 문화는 차이가 있을 뿐, 어느 것이 더 우월한 것이 아니라고 말해주고 싶습니다. 조금 더 커서 이런 말들을 이해할 수 있을 때가 되면 이미 베트남을 무시하는 생각이 우리 아이들의 머릿속에 강하게 자리 잡을까 봐 걱정됩니다.

제가 아이들에게 베트남어를 가르치려면 저와 베트남어로 대화하는 모습을 보여줄 상대가 있어야 하는데, 주위에 그럴만한 상대가 없지요. 아이들은 베트남어를 공부할 기회가 없고 엄마 외에는 식구들과 유치원, 동네 친구들, TV, 책, 컴퓨터 등 온갖 주위 환경을 모두 한국어로 접촉해야 하니 제가 혼자 노력한다 해도 소용이 없습니다. 생각 같아서는 제 아이들을 베트남에 데려가서 몇 년 살고 오면, 베트남어와 베트남 문화를 잘 가르쳐줄 수 있겠지만, 이런 제 생각을 말하면 남편은 확고하게 반대합니다. 베트남이 한국에 비해 아이들 교육이나

의료 문제, 교통 문제 등이 좋지 않기 때문에 베트남에 아이들을 보낼 수 없다고 합니다. "만약 당신 아이가 당신 말을 못 한다면 당신은 그냥 지켜보기만 할 거야?" 이렇게 남편에게 반문해 보았지만, 제 마음을 완전히 이해해주지 못하는 남편이 원망스럽기도 합니다.

저의 작은 소망은 우리 아이에게 "엄마! 사랑해요!"라는 말을 베트남어로 들을 수 있고 밤마다 같이 베트남의 시와 동화를 아이에게 읽어주고 베트남 자장가를 불러주고 서로 베트남어로 속삭이는 것입니다. 이런 소망은 그렇게 멀리 있는 것인가요? 아니 내 생각에는 아주 평범하고 소박한 것이고 그 행복은 이 세상에서 어느 엄마에게도 누릴 수 있는 권리인데 나는 그 소망, 그 권리를 실현하지 못해서 마음이 아픕니다. 그렇지만 언제까지 실망만 하고 있을 수는 없겠지요.

다행히 한국 정부에서 한국에 시집온 이주여성에 대해 관심을 갖고 여러 가지 지원을 하기 시작했습니다. 여성가족부가 전국적으로 결혼이민자지원센터를 설립하고, 전에 비해 많은 양질의 프로그램이 생겨 결혼이민자와 자녀에게 한국어를 가르쳐주고, 한국어 책을 발행해서 무료로 발급하기 시작했습니다. 아직 2세는 엄마의 모국어를 배울 수 있는 기회는 주어지지 않고 있지만 앞으로 생길 거라고 믿고 기대합니다.

다문화 사회에 대한 한국 사람의 의식이 부족하기 때문에, 특히 이주여성과 결혼한 한국 남성과 자녀들 그리고 가족에게 상대 나라의 문화에 대한 교육 프로그램과 아이들이 학교에서 따돌림 당하지 않도록 학교 안에서 각 나라에 대한 문화 교육 프로그램 등 의식 개선 목적으로 추진할 예정이라는 소식을 듣고 참 뿌듯하고 안심하게 됩니다. 제가 한국 정부에게 바라는 것은 아이들이 자기 엄마를 이해할 수 있도록 어린이 베트남어 교실을 만들고 아이들끼리 서로 의지하여 외롭지 않은 존재라는 것을 깨달을 수 있게 적극적 지원을 부탁드립니다.

끝으로 한국으로 시집온 베트남 여성들이 제 글을 보았으면 좋겠습니다. 저는 그들에게 아무리 남편과 시부모님이 아이에게 베트남어 가르치는 것을 말리고 한국사회가 베트남 문화를 무시한다 해도 아이들에게 베트남어를 가르치라고 말하고 싶습니다. 아이들은 처음 태어났을 때 엄마의 부드럽고 정다운 목소리를 듣게 되면 마음이 따뜻해지고 정서적으로 안정이 된다고 합니다. 어설픈 한국어로 아이에게 말하지 말고 엄마의 사랑이 가득 찬 모국어로 마음껏 전달해야 우리 아이들이 나중에 한국과 베트남의 중요한 다리 역할을 할 보배가 될 수 있기 때문입니다. 저도 어렵지만 제 아이들에게 베트남이 또 다른 조국이라는 것을 가르치기 위해 노력하겠습니다. 그래서 한국사회의 떳떳한 국민이 되고 또한 베트남과 베트남 문화에 대해 자부심을 가지고, 앞으로 큰일을 할 수 있는 사람으로 키우겠습니다.

"베트남 이주여성 여러분 파이팅!"

차별 없는 세상을 향한 외침
# 안An

1판 1쇄 발행  2023년 8월 11일

지은이    원옥금(응웬 응옥 깜)

발행인    김성룡
코디    정도준
편집, 교정    김은희
디자인    김민정

펴낸곳    가연
주소    서울시 마포구 월드컵북로 4길 77, 3층 (동교동, ANT빌딩)
문의메일    2001nov@naver.com
구입문의    02-858-2217
팩스    02-858-2219

이 도서는 한국출판문화산업진흥원의 '2023년 우수출판콘텐츠 제작 지원' 사업 선정작입니다.